Bolle und die Bolzplatzbande
Das Römergrab

Christina Bacher, Jahrgang 1973, gründete vor einigen Jahren »Bachers Büro« – eine Schmiede für Texte aller Art. Seither arbeitet sie als Chefredakteurin des Kölner Straßenmagazins »DRAUSSENSEITER« und schreibt Jugendbücher, Kriminalromane und Ratekrimis fürs Radio. Im Jahr 2013/2014 wurde sie sowohl mit dem Stipendium des Kölner Kulturamts in Zusammenarbeit mit der Antoniterkirche als auch mit dem »Tatort Töwerland«-Stipendium ausgezeichnet. Nach Stationen in Kaiserslautern, Marburg, Bonn, Montpellier und Prag lebt sie heute mit ihrer Familie in Köln.

Dieses Buch ist ein Roman. Handlungen und Personen sind frei erfunden. Ähnlichkeiten mit lebenden oder toten Personen sind nicht gewollt und rein zufällig. Die Idee einer Krimireihe um die Figuren Bolle und die Bolzplatzbande wurde ursprünglich gemeinsam von Christina Bacher und Ulrich Noller für eine Ratekrimi-Serie des Hessischen Rundfunks und schließlich für diese Buchreihe entwickelt.

CHRISTINA BACHER

Bolle und die Bolzplatzbande

Das Römergrab

KÖLN KRIMI FÜR PÄNZ

emons:

Bibliografische Information der Deutschen Nationalbibliothek
Die Deutsche Nationalbibliothek verzeichnet diese Publikation
in der Deutschen Nationalbibliografie; detaillierte bibliografische
Daten sind im Internet über http://dnb.d-nb.de abrufbar.

FSC
www.fsc.org
MIX
Papier aus verantwortungsvollen Quellen
FSC® C083411

Umschlagmotive: fotolia.com/JiSign, shutterstock.com/
advent/MPFphotography/Tajuan
Umschlaggestaltung: Nina Schäfer
Gestaltung Innenteil: César Satz & Grafik GmbH, Köln
Lektorat: Hilla Czinczoll
Druck und Bindung: CPI – Clausen & Bosse, Leck
Printed in Germany 2017
ISBN 978-3-7408-0039-0
Köln Krimi für Pänz
Originalausgabe

Für Rose und Lennard

Ich blieb wie angewurzelt stehen: Unter mir tat sich plötzlich ein Abgrund auf, und ich hatte die einmalige Möglichkeit, auf eine 2000-jährige Zeitreise zu gehen.

Josef Gens, Finder des Poblicius-Grabmals

Donnerstag, 6. Oktober

15 Uhr, Weidengasse

Überall nur Baustellen, wo sie auch langläuft. Schon seit Wochen gleicht Lauras Schulweg einem Spießrutenlauf: Heute muss sie wegen eines riesigen Lochs im Asphalt zuerst auf die linke Straßenseite ausweichen, dann zwingt sie ein rot-weißer Bauzaun auf den rechten Bürgersteig. Als sie dabei auch noch fast von einem Auto erfasst wird, hat sie die Nase von Baustellen wieder mal voll. Wofür gibt es die eigentlich? Um Leute zu ärgern. Klar.

Die ganze Kölner Nordstadt ist eine einzige Baugrube. Laura seufzt. Okay, wenn ab jetzt nichts Unvorhergesehenes mehr passiert, ist sie in fünf Minuten zu Hause. Dann wäre das Mittagessen, das ihre Mutter für gewöhnlich unter einer Warmhalteglocke für sie bereitstellt, wenigstens noch lauwarm.

Plötzlich schießt mit Vollkaracho ein braunes, langhaariges Etwas auf Laura zu, dreht zwei Runden um den Mülleimer und bremst schließlich direkt vor dem Mädchen ab. Freudig springt ein kleiner Pudel mit wedelndem Stummelschwanz an ihr hoch. Das Wollknäuel, Laura weiß das, heißt Conchita und ist vor Kurzem an den Eigelstein gezogen, irgendwo in Lauras Nachbarschaft.

»Na, du. Hast du mich gleich wiedererkannt?« Laura bückt sich und streichelt zärtlich das weiche Fell des Tieres. Wenn doch nur ihr größter Wunsch in Erfüllung ginge und sie genauso einen Hund bekäme. Sie würde sich nie wieder etwas anderes wünschen. Schade, dass ihre Eltern nicht für ein Haustier zu begeistern sind. Schon gar nicht, seit ihre kleine Schwester Systra auf die Welt gekommen ist.

»Conchita!« Eine schrille Stimme ertönt, und Stöckelschuhe tauchen in Lauras Blickfeld auf. Ihr Blick wandert an langen, dünnen Beinen in Netzstrumpfhosen hoch. Sie bemerkt einen sehr kurzen Minirock und landet in einem übertrieben geschminkten Frauengesicht. Die dünnen Lippen mit dem dick aufgetragenen roten Lippenstift verziehen sich zu einer Fratze. »Bei Fuß!«

Laura hat die Frau in letzter Zeit häufiger hier gesehen. Sie wird von allen die »Tussi vom Eigelstein« genannt, aber mit ihr gesprochen hat noch niemand, den Laura kennt. Über was denn auch? Sie scheint sich eh nur für Make-up und schräge Outfits zu interessieren. Kein Wunder, dass der Pudel sich so freut, wenn er mal einem normalen Menschen begegnet.

»Mein Hündchen scheint dich ja sehr zu mögen.« Die Frau klappert mit den langen Wimpern und legt behutsam die Leine um den Hals ihres Schützlings. »Sie ist sonst nicht so zutraulich bei Fremden!«

Conchitas rosa Zunge hängt fast bis zum Boden, sie hechelt zufrieden und schaut Laura verliebt an.

»Wir mögen uns. Nicht wahr?« Laura lächelt glückselig.

Conchita bellt dreimal. Das heißt wohl: Ja.

»Hm. Das bringt mich gerade auf einen verrückten Gedanken«, sagt der rote Mund jetzt, und eine Parfumwolke wabert herüber, als sich die Frau mit der Hand durch die Haare fährt. »Eine ganz vorzüglich-crazy-lustige und zudem unglaublich praktische Idee.«

Offenbar hat sie tatsächlich einen kleinen Knall, überlegt Laura. Denn jetzt tänzelt die »Tussi vom Eigelstein« mit kleinen Schritten vor ihr herum, als wollte sie bei »Let's Dance« antreten.

»Also, ich muss dann mal heim«, versucht sich Laura möglichst höflich zurückzuziehen. Und sie muss sich ja tatsächlich beeilen. Ihr Magen knurrt schon vor Hunger.

»Stopp!«, schreit da die Frau, sodass sich nicht nur die kleine Conchita erschreckt, sondern auch eine Passantin herumfährt und sich nach der Lärmquelle umschaut.

»Willst du sie haben?« Ein Grinsen, blutrot, gerissen, schrill. »Ich meine, nicht für immer, aber: Willst du auf Conchita eine Weile aufpassen? Ich habe nämlich eine Reise gebucht und kann sie nicht mitnehmen.«

Laura glaubt zuerst, sich verhört zu haben. Kann diese seltsame Frau Gedanken lesen? Oder Träume erraten?

Laura muss ungläubig geguckt haben, weshalb die Frau ihr Angebot noch einmal bestätigt: »Doch, ich meine es ernst. Ich fliege spontan für sechs Tage nach Italien und würde dir mein Hündchen anvertrauen. Ich spüre da *good vibrations, really*. Mein Bauchgefühl sagt mir, dass sie bei dir gut aufgehoben ist. Und?« Die Frau streckt ihr die Hand entgegen, als wolle sie einen Deal besiegeln.

Nichts lieber als das, denkt Laura und sagt: »Ich muss noch mit meinen Eltern sprechen.«

»Selbstverständlich, Kleine. Mach das.« Da dreht sich die Frau ganz überraschend um die eigene Achse und zieht ihren Pudel hinter sich her – in Richtung Ebertplatz. Mit der rechten freien Hand winkt sie noch mal in die Luft. »Ich melde mich dann. Bye-bye, Kleine!«

Laura starrt dem seltsamen Duo hinterher, als hätte sie das gerade eben nur geträumt. Wie heißt die Frau eigentlich? Und wie wird sie sie erreichen können? In dem Moment setzen auch schon wieder die Presslufthämmer am Eigelstein ein. Die Bauarbeiter haben also ihre Mittagspause schon hinter sich. Im Gegensatz zu ihr, Laura mit dem knurrenden Magen!

18 Uhr, Gereonswall

Laura kann es gar nicht abwarten, bis ihre Mutter heute mit der kleinen Systra vom Babymassage-Kurs nach Hause kommt. Seit ihre kleine Schwester auf der Welt ist, hat sie Freiheiten, von denen sie zuvor immer geträumt hat: viel freie Zeit, kein Gemecker mehr wegen des unaufgeräumten Zimmers und in der Woche so oft Fernsehschauen wie sonst nur am Wochenende. Dafür sieht sie ihre Mutter meist nur im Doppelpack mit der Schwester: Auch jetzt ist erst einmal Geschrei aus dem bunten Tragetuch angesagt, das seit Wochen wie bei einer Känguru-Mutter vorn festgewachsen scheint, obwohl die Kleine sicher inzwischen schon ganz schön schwer geworden ist.

»Laurinchen, grüß dich«, sagt Renate Pauli, als sie die Vier-Zimmer-Wohnung am Gereonswall betritt.

Systra hat mit dem Geschrei aufgehört, schaut aber noch unglaublich trotzig aus einer Stoffspalte des Tragetuchs hervor, und man sieht sofort, dass sie sich gerade erst verausgabt hat. Sie ist knallrot im Gesicht. Sieht mir nicht sonderlich ähnlich, findet Laura schon von Anfang an.

»Mama, ich muss dir was sagen!« Laura ist total aufgeregt, sie kann es gar nicht abwarten, die sensationellen Neuigkeiten zu erzählen. Nämlich, dass sie die neue Nachbarin auf der Straße kennengelernt und Conchita als Pflegehund angeboten bekommen hat.

Doch Renate Pauli ist schon im Nachbarzimmer verschwunden. »Wir reden nachher darüber, okay? Ich stille und wickele die Kleine erst mal und bringe sie dann gleich ins Bettchen. Wenn Papa dann kommt, gibt es leckere Tortellini. Mit selbst gemachtem Pesto. Und Salat.« Damit lässt sie ihre große Tochter ungehört im Wohnzimmer zurück.

Toll. Hauptsache, die Nahrungsaufnahme und -verarbeitung fluppt, denkt Laura enttäuscht. Alles andere ist offenbar egal. Es geht um nichts anderes mehr als Trinken, Verdauen, Trinken, Verdauen. Phhh.

Da klingelt irgendwo in der Ferne ihr Handy. Wo hat sie das Ding am Nachmittag noch mal versteckt? Unter dem Haufen Jeans oder zur Sicherheit in der Holzkiste unter dem Bett? Da nämlich kommt Systra mit Sicherheit nicht drauf. Für ihr Alter ist die Kleine schon ganz schön pfiffig und versucht neuerdings krabbelnd, alles aufzuspüren, was Laura ans Herz gewachsen ist: Radiergummis, CDs oder eben ihr Handy. Da hat das Klingeln schon aufgehört. Bestimmt springt jetzt die Mailbox an. Egal. Wer um diese Uhrzeit anruft, versucht es sicher später noch mal.

Endlich steht das Essen auf dem Tisch. Die Mutter hat nicht zu viel versprochen: Die Tortellini riechen köstlich, eine Schale Reibekäse steht daneben – Lauras Lieblingsessen. Herrlich!

Und nebenan schläft Systra selig in ihrem Gitterbettchen. Laura liebt ihre kleine Schwester über alles. Auch und vor allem, wenn das Baby schläft und sie ihre Eltern mal ein paar Minuten für sich allein hat.

»Ich muss euch was erzählen«, setzt Laura an. Sie muss sich konzentrieren, um die richtigen Worte für ihr Anliegen zu finden. In keinem Fall darf sie ihre Eltern mit der Idee, einen Hund aufzunehmen, unter Druck setzen. Am besten wäre es ja, die beiden würden denken, dass sie selbst auf die Idee mit dem Ferienhund gekommen sind. Aber wie stellt man das an?

Ihre Mutter rührt mit einer Nudel in der leckeren Soße herum und steckt sie genüsslich in den Mund. Ihr Vater hat sich die Tageszeitung geschnappt und liest während des Essens den Leitartikel auf der ersten Seite. Laura weiß, dass ihre Mutter es hasst, wenn man sich beim Essen nicht von Alltagsdingen lösen kann: Auch wenn heute mal alle ihre Smartphones zur Seite gelegt haben, scheint sich der Herr des Hauses gerade mehr für die Zeitung als für ihr mühevoll zubereitetes Essen zu interessieren.

»Tststs, das gibt es ja gar nicht«, murmelt Carlo Pauli. »Krieg, Zerstörung, Diebstahl – wo man hinhört. Es sind schlimme Zeiten, in denen wir da leben.«

Lauras Stichwort – sie könnte Conchita als Wachhund ins Feld führen! »Genau, man sollte sich heutzutage besser schützen. Meine Freundin Irma zum Beispiel …«

Da klingelt erneut das Handy aus dem Nachbarraum. Verflixt, ausgerechnet jetzt. Vielleicht ist es ja doch dringend.

»Das wird wieder dieser Wladi sein.« Die Mutter schaut sie eindringlich an. »Er hat es vorhin schon auf dem Festnetz probiert.«

»Wladi hat angerufen? Warum sagst du das erst jetzt?«

Laura spürt ganz plötzlich eine lange nicht da gewesene Aufregung: Eigentlich hat sie mit dem Jungen aus Tadschikistan ja immer nur zu tun, wenn es einen neuen Fall zu lösen gibt. Wladi, Kevin, Sema und Laura gehören – sehr zum Leidwesen ihrer Eltern – einer Detektivbande an, die schon so manchen Dieb geschnappt hat. Sogar einen Immobilienskandal haben sie auffliegen lassen.

Obwohl die vier Kinder nach der Grundschulzeit von ihren Eltern zum Teil auf unterschiedlichen Schulen angemeldet wurden, haben sie immer Kontakt gehalten. Detektivarbeit verbindet eben!

»Ich soll dir sagen, dass die Ferien gerettet sind«, sagt die Mutter noch. Das gedämpfte Klingeln des Handys wird immer lauter. Die Sockenkiste! Genau! Dort hatte sie es am Nachmittag ausnahmsweise reingesteckt.

»Ihr habt doch hoffentlich nicht wieder was ausgefressen?«, ruft Renate Pauli ihrer Tochter hinterher, als diese in ihrem Zimmer verschwindet, um den Anruf anzunehmen. Eine Anspielung auf die Polizei, die nicht nur ein Mal vor der Tür stand, weil Laura in einen aktuellen Fall verwickelt war.

»Noch nicht«, antwortet Laura schnell, eigentlich, um ihre Mutter zu ärgern. Dann schließt sie hinter sich die Tür. Sollte die Bolzplatzbande tatsächlich rechtzeitig zu den Herbstferien einen neuen Fall in Arbeit haben, könnte Mutters Sorge sogar berechtigt sein.

Freitag, 7. Oktober

6.30 Uhr, Gereonswall

»Schon abmarschbereit?«

Dass Laura am letzten Schultag vor den Ferien eine Stunde früher als sonst aus dem Haus gehen will, scheint ihrer Mutter gar nicht zu gefallen. Das kann Laura schon an ihrem Unterton hören.

Auf die Frage der Mutter, ob Wladis gestriger Anruf hinter ihrem ungewöhnlichen Eifer stecke, antwortet sie lieber nicht und tut so, als hätte sie das gar nicht gehört. Natürlich hat Renate Pauli damit ins Schwarze getroffen. Umso mehr ärgert sich Laura darüber, was ihre Mutter immer alles von ihr wissen will. Dabei könnte sie doch einfach froh sein, dass es heute mal keinen Stau im Badezimmer und kein Gemotze am Frühstückstisch geben wird. Stattdessen immer diese nervigen Fragen, die sie ja – selbst wenn sie wollte – gar nicht beantworten kann!

Warum Wladi sie heute so dringend sprechen möchte, ist Laura nämlich selbst ein Rätsel. Er hat nur etwas von einer »voll geheimen Mission« gesagt und auch, dass Bolle, der Straßenkehrer, heute früh um sieben Uhr mit ihnen sprechen wolle. In seiner Werkstatt. »Höchste Geheimhaltungsstufe!«

Erstaunlich, findet Laura, welche komplizierten Vokabeln der tadschikische Junge inzwischen auf Deutsch draufhat! Immerhin lebt er noch kein ganzes Jahr in Köln. Detektivarbeit ist manchmal besser als Schule, wenn man eine Fremdsprache von der Pike auf lernen will, hat Laura festgestellt. Und Wladi ist eben ein Naturtalent im Lernen von Sprachen. So viel ist klar. Deshalb hat sie ihm gestern auch noch das Wort »Geheimniskrämer« beigebracht. Das ist jemand, der nie mit der Sprache rausrückt und alles für sich behält. Weil sie erst recht davon genervt ist, dass er sie so unnötig auf die Folter spannt.

»Ich auch nix wissen Details«, hatte er daraufhin beleidigt gesagt, »hab auch nur mitten in Nacht SMS von Bolle bekommen«, und aufgelegt.

Laura nimmt jetzt zwei Treppenstufen auf einmal, weil sie es besonders eilig hat. Einerseits freut sie sich, ihre alten Freunde wiederzusehen, und andererseits ist sie auch ein bisschen angespannt, denn Detektivarbeit ist kein Spaziergang.

Unten angekommen, staunt Laura nicht schlecht: Da sitzt ein kleiner brauner Pudel, der ihr sehr bekannt vorkommt: Conchita! Eine mit bunten Strass-Steinen besetzte Leine führt von dem Hundehals zu dem bunten Kinderwagen, dort hat offenbar jemand den Hund festgebunden. Das aber hindert ihn nicht, mit dem kleinen Stummelschwanz zu wedeln und freudig an Laura hochzuspringen.

»Was machst du denn hier in unserem Treppenhaus? Und wo ist überhaupt dein Frauchen?« Laura schaut sich um, und ihr Blick fällt auf einen pinkfarbenen Koffer, an dessen Griff ein Zettel befestigt ist. In einer schönen geschwungenen Handschrift steht da: »Musste nun doch schon früher los. Viel Spaß euch beiden!«

6.50 Uhr, Alte Feuerwache

Laura hat es jetzt ganz schön eilig, wenn sie pünktlich am Treffpunkt sein will. Dennoch verstaut sie den Koffer voller wertvoller Tonschalen und außergewöhnlicher Hundenäpfe, Bio-Hunde-Leckerlis, unzähliger verschiedenfarbiger Schleifchen und der gemütlichen Hundedecke noch rasch im Keller hinter den Fahrrädern, bevor sie mit Conchita das Haus verlässt.

Es fühlt sich gut an, mit einem kleinen Hund unterwegs zu sein. Wie sehr hat sie sich das immer gewünscht. Jetzt hat sie also die Verantwortung für das kleine Tier. Eigentlich müsste sie sich freuen, wenn es nicht ein unüberwindbares Problem gäbe: Ihre Eltern wissen von dem Feriengast noch gar nichts. Es gibt also noch keine offizielle Erlaubnis, aber der Gast ist schon da!

»Wir müssen es ihnen schonend beibringen, Conchita«, redet Laura sich die Sache schön. »Weißt du, sie sind schon etwas älter und mögen keine plötzlichen Überraschungen.«

Auf Höhe des Ebertplatzes, dort, wo vor einigen Monaten eine Kunstgalerie eröffnet hat, hebt der kleine Pudel begeistert sein Beinchen und geht einem wichtigen Hunde-Bedürfnis nach: einen besonderen Ort mit eigener Duftnote markieren. Sie würden so was von zu spät kommen, Mist!

Das Gelände der Alten Feuerwache liegt um diese Uhrzeit noch friedlich und menschenleer im Herzen des sonst so trubeligen Agnesviertels. Noch hat die Kita nicht geöffnet, und auch das Café ist noch geschlossen.

Laura liebt die Alte Feuerwache, wo der Straßenkehrer Bolle seit vielen Jahren eine Werkstatt betreibt. Schon von Weitem sieht Laura, dass die Tür zur Werkstatt nur angelehnt ist – ungewöhnlich. Das kann ja nur heißen, dass Bolle und Wladi schon vor Ort sind!

Das Mädchen quetscht sich, ohne ein Geräusch zu machen, durch den engen Türspalt in den dunklen Raum, in dem alles wie Kraut und Rüben durcheinandersteht. Conchita springt ihr hinterher. Auch sie scheint Abenteuer zu mögen. Begeistert schnuppert sie an einem Fahrradschlauch, der im Weg liegt, und hüpft über eine Kiste Eistee. Dann beginnt sie mit ihren kleinen, schnellen Pfötchen in einer Ecke zu graben, so als wollte sie einen Schatz bergen.

»Ist da wer?«

Lauras Augen gewöhnen sich langsam an die Dunkelheit. Was für ein Chaos! Der alte Sessel umgekippt, ein Schreibtisch voller Papiere, Kisten mit Schräubchen und allerlei Werkzeug liegen auf dem Boden. Nur die Kehrbesen hängen fein säuberlich an der Wand – allen voran der Turbobesen, mit dem sich Bolle seinen

Ruhm als »Turbo-Bolle« verdient hat – keiner in Köln kehrt so schnell und so sauber wie er.

Ein Poltern lässt Laura aufhorchen. »Hallo?«

»Bin hier!« Wladis dünne Stimme dringt aus dem Metallschrank, in dem der Straßenkehrer eigentlich die Putzmittel, seine Arbeitsklamotten und den guten Anzug aufbewahrt. Mit einem lauten Knarzen schwingt die klapprige Metalltür auf, und der Junge steht vor ihr: kreidebleich und am ganzen Körper zitternd. Seine Haare sind in den letzten Wochen richtig lang geworden und stehen wirr vom Kopf ab. Er sieht aus, als hätte er ein Gespenst gesehen. Nein: Er sieht aus, als wäre er selbst das Gespenst.

»Laura! Du bist es«, sagt er erleichtert und steigt aus seinem Versteck. Er riecht nach Scheuermittel und Blumenduft-Seife, findet Laura, die sich ein Grinsen nicht verkneifen kann.

»Darf ich fragen, was du in dem Schrank treibst?«

»Habe Geräusch gehört und dachte, du bist Einbrecher.« Wladi klopft seine Hose ab, die voller Spinnenfäden hängt. Ein bisschen Mottenkugel-Duft mischt sich jetzt in das Putzschrank-Parfum.

»Einbrecher, klar!« Laura tippt sich mit dem Zeigefinger an den Kopf. »Du hast mich doch zu so früher Stunde hierherbestellt. Wer soll es also sonst sein?«

»Heute Nacht jemand ist hier gewesen. Türschloss ist aufgebrochen und alles hier durchwühlt.« Laura hat Wladi noch nie so aufgeregt gesehen. »Absolutes Chaos! Da stimmt was nix.«

Laura lässt den Blick durch den Raum schweifen. Tatsächlich: Es liegt nicht nur Werkzeug auf dem Boden verstreut, auch die Schubladen vom Schreibtisch stehen auf. Das ist ihr zuvor gar nicht aufgefallen. Plötzlich läuft es ihr eiskalt über den Nacken. »Und wo ist Bolle?«

»Das weiß ich nicht«, sagt Wladi, und aus seiner Stimme klingt Verzweiflung. »Er mir nur in SMS geschrieben, dass er ist in heiße Sache verwickelt, dass er wichtige Entdeckung gemacht hat. Etwas, das nicht ihm gehört. Und dass wir ihm können vielleicht helfen.«

»Er hat etwas, das ihm nicht gehört? Warum bringt er es dann nicht zum Fundbüro?« Laura kommt die ganze Sache mehr als unheimlich vor. Vor allem, weil der sonst so zuverlässige Straßenkehrer wie vom Erdboden verschluckt zu sein scheint. Ob ihn die Einbrecher vielleicht mitgenommen haben? Bolle – entführt? Oder ist er vor ihnen geflohen?

Die Kinder hören plötzlich ein Geräusch, das sie beide aufschrecken lässt. Ein Rascheln und Knurren. Glas, das zerspringt, und ein Hecheln, das Laura irgendwie bekannt vorkommt. Conchita kommt unter einem Berg Decken hervor – mit wedelndem Schwanz. Sie hat offenbar richtig viel Spaß auf ihrer Entdeckungstour.

»Da!« Wladi springt panisch auf den Sessel. Entsetzt zeigt er auf Conchita. »Da … ist … ein Hund!«

Schon hat er sich eine Wolldecke über beide Ohren gezogen. Laura fragt sich wirklich, was mit dem Jungen los ist, der sonst doch immer die Ruhe selbst ist. »Ein Hund! Hilfe!«, wimmert Wladi unter seinem Schutzwall.

»Wuff! Wuff. Wuff.« Bellend und schwanzwedelnd wartet Conchita jetzt offenbar nur darauf, von Wladi gestreichelt zu werden. Wie kann man vor so einem freundlichen Hund Angst haben?

»Ist er noch da?«, wimmert es jetzt unter der Decke hervor.

»Klar. Conchita ist aber ganz lieb«, versucht Laura ihren Freund zu beruhigen. »Wo ist dein Problem, Mann?«

Wladis Hand taucht unter der Decke auf. Der zitternde Zeigefinger deutet auf die Wand hinter Laura, die sich daraufhin langsam herumdreht. Auch Conchita folgt ihrem Blick, sie ist eben gut erzogen und tut, was man ihr befiehlt. »Da«, sagt Wladi unter der Decke, »lies!«

Laura starrt auf die graue Mauer hinter sich. Keiner hat sich in all den Jahren mal die Mühe gemacht, ihr einen Anstrich zu verpassen. Doch heute sieht sie verändert aus. Mit schwarzer Farbe hat da jemand eine Botschaft an die Wand geschmiert. Riesengroße Buchstaben tanzen vor Lauras Nase herum, es dauert eine Weile, bis sich ihr Blick einen Fokus gesucht hat. Jetzt liest sie langsam und laut vor, was da steht:

CAVE CANEM

Wenn sie nicht alles täuscht, handelt es sich um eine Botschaft auf Latein. Aber Laura hat sich in der Schule für Französisch entschieden, was sie gerade bereut. »›Cave Canem‹. Was bedeutet das?«

Wladi blinzelt unter der Decke hervor und lässt dabei den Pudel nicht aus den Augen. »Heißt: Warnung vor dem Hund.«

Jetzt dämmert es Laura. Wladi ist erschrocken, weil er geglaubt hat, dass die kleine Conchita irgendetwas mit dieser Warnung zu tun hat! Ausgerechnet Conchita. Der liebste, bravste, süßeste Hund auf dieser Welt!

»Vor meinem Hund brauchst du dich nicht fürchten, Wladi. Er kann uns vielleicht sogar beschützen.«

Auch wenn das mit der Warnung vor dem Hund absoluter Quatsch ist, beschleicht jetzt auch Laura das Gefühl, dass mit diesen Einbrechern nicht gut Kirschen essen ist. Die verstehen keinen Spaß, so viel steht fest.

»Aber stell dir vor, Wladi, die Typen haben nicht das gefunden, was sie hier gesucht haben. Dann kommen sie wieder!«

Sie wirft einen kurzen Blick auf ihre Uhr. Gleich fängt der Englischunterricht an, der letzte vor den Ferien. Sie sollte sich also besser beeilen. Und wenn sie ehrlich ist, will sie hier einfach nur weg. »Also, ich muss jetzt in die Schule. Und dann sollten wir uns genau überlegen, was wir mit diesem Tatort hier weiter anfangen. Und zwar gemeinsam mit Kevin und Sema.« Laura dreht sich auf der Stelle um und geht in Richtung Ausgang. Sie hat Angst, ja, große Angst. »Komm schon, Wladi.«

Doch der Junge bleibt sitzen und schaut sie nur ungläubig an. »Schule? Heute ohne mich! Einer muss bleiben. Tatortsicherung. Fingerabdrücke sicher machen, auf Bolle warten.«

Verschwunden ist der Wladi, der sich eben noch vor einem

kleinen Pudel versteckt hat. Jetzt kommt der Abenteurer in ihm durch, der Junge, der sich von Duschanbe nach Köln durchgeschlagen hat. So hat Laura ihn vor einem Jahr kennengelernt: mutig und bestimmt.

Jetzt grinst er über das ganze Gesicht, und sein ganz spezieller Wladi-Humor tritt zutage. »Vielleicht du kannst Hund hierlassen, Laura. Ist zwar nicht perfekter Wachhund, weil zu klein und süß. Aber besser als gar nix Schutz, oder?«

Laura fällt ein Stein vom Herzen. Unmöglich hätte sie Conchita mit in die Schule nehmen können, wo Haustiere streng verboten sind. »Danke, Wladi. Wir sehen uns also nachher.«

An der Tür überlegt Laura kurz, ob sie die beiden wirklich allein lassen kann. Ein Mann ist verschwunden, ein Einbruch verübt und eine Warnung ausgesprochen worden. Sicher wären sie besser beraten, wenn sie einfach Kommissar Sieberbeck Bescheid sagen würden. Aber das, das hat ihr Wladi schon gestern am Telefon unmissverständlich klargemacht, kommt gar nicht in die Tüte.

8.20 Uhr, Gesamtschule Agnesstein

Mit einer deutlichen Verspätung platzt Laura in den Unterricht. Frau Meisenberg, die alle heimlich Frau Titmouse-Hill nennen, tut so, als bemerkte sie das gar nicht.

Die engagierte junge Lehrerin hat sich offenbar noch nicht entschieden, ob sie den Schülern heute noch mal eine Dosis englische Grammatik verpassen oder vor den Ferien lieber mit ihrem Lieblingsthema eine ruhige Kugel schieben soll: die Römer am Rhein. Richtig angefangen haben sie jedenfalls noch nicht mit dem Unterricht.

Laura lässt sich auf ihren Platz plumpsen und erntet von ihrer Freundin Sema einen strafenden Blick. »Auch schon da?«, zischt sie ihr ins Ohr. »Wo warst du? Du wolltest mir doch noch vor der Stunde bei den Hausaufgaben helfen.«

Ups, das hat Laura ganz vergessen. »Erzähl ich dir nachher!«, flüstert sie, weil die Lehrerin gerade schon einen strafenden Blick in ihre Richtung geschickt hat. Meisenberg hasst es, wenn die Kinder miteinander flüstern.

Laura blättert eifrig in ihrem Englischbuch auf die Seite 21, die auch Sema aufgeschlagen hat. Puh! Es geht also um Vergangenheitsformen im Englischen. Da wäre es ihr doch lieber, Frau Meisenberg würde wieder von ihrem Idol, dem Feldherrn Poblicius, erzählen, der im Jahr 40 nach Christus in Köln gelebt haben soll. Obwohl: immer diese alten Kamellen. Das Ganze ist fast zweitausend Jahre her!

Die Gegenwart, findet Laura, ist da ungleich spannender: Die Ereignisse in der Werkstatt gehen ihr einfach nicht aus dem Kopf. Wenn Bolle tatsächlich etwas entdeckt und behalten hat, das nicht ihm gehört, ist er genau genommen ein Dieb. Er muss seine Gründe haben, dass er die Sache nicht zum Fundbüro gebracht oder die Polizei alarmiert hat. Sicher hängt dieser Fund mit dem Einbruch bei ihm zusammen.

»Cave Canem«. Warnung vor dem Hund. Sicher haben die Typen gefunden, was sie suchten, aber wer sollte dann noch gewarnt werden? Und vor welchem Hund?

»Autsch!« Semas Stoß mit dem Ellbogen holt Laura wieder in die Wirklichkeit zurück.

»Schnell, du musst dich auch melden! Oder willst du Englisch pauken?«

»Hä?« Laura sieht erst jetzt, dass alle im Raum die Finger recken. Alle außer Freddy, dem Streber. Auch sie hebt jetzt folgsam die rechte Hand.

Sema rollt mit den Augen. »Wir stimmen ab: entweder weiter Unterricht oder Film gucken.«

»*Last chance*«, sagt jetzt Titmouse-Hill und lächelt verschmitzt. »*... you can choose between a new English lesson or a film about the Romans along the Rhein. So, hands up now!*«

Die junge Frau ist immer darauf bedacht, ihrem Ruf als strengste und ehrgeizigste Englischlehrerin an der Schule gerecht zu werden. Doch nach dem Vokabeltest am Montag und dem gestrigen Ausflug in ein englisches Theaterstück hat jetzt wohl auch sie kapiert, dass man Sechstklässlern am letzten Schultag vor den Herbstferien nicht mehr mit Übungen zum Unterschied von Simple Past und Present Perfect kommen kann.

Selten, dass die 6a gemeinsam an einem Strang zieht, denkt Laura. Der Klassenzusammenhalt ist nämlich nicht der beste. Aber jetzt scheint es zu klappen – mal von dem lieben Freddy abgesehen, der lieber das nächste Kapitel im Buch angefangen hätte. Der ist jetzt aber überstimmt. Gut so.

Der Musterschüler springt dennoch pflichtbewusst auf und legt die DVD in den alten Schulrekorder ein, dann drückt er auf »Play«. Eine eigentümliche Musik ertönt, auf Englisch sagt jetzt eine männliche Stimme: *»Romans – search for traces.«* Spurensuche, übersetzt Laura in Gedanken. Genau darum geht es. Erst einmal muss man Spuren finden.

Ob Wladi am Tatort schon etwas Neues herausgefunden hat? Laura fällt es schwer, sich auf den Film zu konzentrieren, wo man gerade anhand einer Computeranimation versucht, eine römische Siedlung zu rekonstruieren. Die Römer haben sich fünfhundert Jahre lang am Rhein aufgehalten und das Leben dort nachhaltig geprägt, heißt es, bis heute. Während anderswo römische Herrscher Städte gründeten und gleich wieder weiterzogen, hatte man damals in Köln sogar Fußbodenheizung, fließendes Wasser, Lusttempel und Straßen voller beeindruckender Grabmäler.

Unvorstellbar, aber genau hier, wo sie gerade sitzen, hatte also schon vor zweitausend Jahren ein Leben stattgefunden, das in vielen Dingen gar nicht so anders war. Wo sich heute das Agnesviertel befindet, existierte ein Viertel – damals außerhalb der Stadtmauer gelegen –, in dem sich Glasbläser und Töpfereien ansiedelten. Die Straße aus der Stadt hinaus zog sich bis zum heutigen Neuss und war gesäumt von imposanten Grabstätten von Menschen, die in ihrem Leben etwas Wichtiges vollbracht hatten: Feldherren, Musiker, Handwerker. Immer wieder komme es vor, dass man bei Tiefbauarbeiten auf Überreste längst vergangener Zeiten stoße, sagt ein Archäologe in die Kamera.

Ein bisschen gruselig, findet Laura. Offenbar laufen sie hier alle tagtäglich auf Gräbern herum. Krass.

Das Klingeln der Schulglocke reißt sie aus ihren Gedanken. Freddy springt wie auf Kommando auf und macht den Film aus. Die letzte Pause vor den Ferien. Nichts wie raus an die frische Luft!

»Darf ich mir die DVD über die Ferien ausleihen?«, hört sie Streber-Freddy die Lehrerin artig fragen. Frau Meisenberg schenkt ihm daraufhin ihr süßestes Lächeln und nickt eifrig. Was für ein Schleimer!

»Schade«, Laura wirft ihrer Lehrerin beim Rausgehen noch einen gespielt verzückten Blick zu, »die DVD war wirklich wahnsinnig spannend. Ich hätte sie auch gerne ausgeliehen. Na egal, Freddy war schneller. Trotzdem schöne Ferien.«

Scherz! Muss auch mal sein …

Laura hält auf dem Schulhof Ausschau nach Sema, der sie noch eine Erklärung für ihr Zuspätkommen schuldig ist. Als sie die Freundin mit ihrer Cousine Esma und deren Freundin Maja an den Tischtennisplatten entdeckt, weiß Laura gleich, dass Sema wirklich sauer auf sie ist. Die beiden Tussis aus der Parallelklasse wollten nämlich von Anfang an nichts mit Laura zu tun haben. Sema gesellt sich nur zu denen, wenn sie ihre Ruhe vor ihr haben möchte, weil sie weiß, dass auch Laura die Gesellschaft der beiden meidet, wo sie nur kann.

Eigentlich also sind die Tischtennisplatten jetzt tabu. Doch Laura tritt die Flucht nach vorn an. Für Zickenalarm ist jetzt echt keine Zeit. »Hi!«

»Dachte schon, du schenkst dir den letzten Schultag.« Semas Bemerkung fällt nicht besonders herzlich aus.

»Ich hatte noch was vor. Hat etwas länger gedauert«, antwortet Laura, weil sie vor den anderen nicht offen reden kann.

»Pff. Klar, um sieben Uhr morgens, oder was?«, kommentiert

Maja ihre Entschuldigung und bemalt weiter ihre Fingernägel mit grellgelbem Lack. Dann tupft sie mit einem Stift grüne Punkte darauf. Sieht schlimm aus, findet Laura. Und die Tischtennisplatte hat auch ein paar grün-gelbe Punkte abbekommen. Was geht die das eigentlich an?

»Kommt mir auch seltsam vor, die Story«, pflichtet ihr Esma bei. »Auffallen um jeden Preis. Wenn du mich fragst, ist es das. Platzt einfach zu spät in den Unterricht. Um Eindruck zu schinden.«

Esma zieht beim Reden ihren roten Lippenstift nach – das muss ihr erst mal einer nachmachen. Der kleine Handspiegel ist immer ihr treuester Begleiter, so auch jetzt.

Ohne auf die Lästereien der Mädchen einzugehen, schnappt Laura sich jetzt Semas Hand und zieht die Freundin einfach hinter sich her. »Wir müssen reden«, flüstert sie. Doch erst, als sie außer Hör- und Reichweite sind, fügt sie hinzu: »Wir haben einen neuen Fall!«

»Was? Und das sagst du erst jetzt?« Sema beeilt sich jetzt ganz von selbst, Laura hinterherzukommen. »Um was geht es denn? Mensch, Laura, lass dir doch nicht alles aus der Nase ziehen!«

Seltsam, dass Wladi gestern nicht auch sie angerufen und ins Vertrauen gezogen hat, überlegt Laura. Ob auch Kevin noch ahnungslos ist? Die Bolzplatzbande ermittelt doch immer zu viert!

Immer muss man alles alleine machen, denkt sie und nimmt sich vor, auch Kevin gleich noch eine SMS zu schicken. Um zwölf Uhr ist Treffpunkt an der Alten Feuerwache. Dann werden sie das weitere Vorgehen besprechen. Ganz tief drinnen spürt Laura eine große Anspannung. Wie immer, wenn sie am Anfang der Aufklärung eines Falles steht.

»Komm mit!«, ruft sie und nimmt zielstrebig den Weg raus aus dem Schulgelände, wo sich sonst nur Oberstufenschüler aufhalten. Die Sechstklässler dürfen nämlich während der Unterrichtszeit die Schule nicht verlassen. Erst ab der siebten Klasse ist es erlaubt, in der Pause mal rüber zum Supermarkt oder zum

Kiosk zu gehen. Aber drinnen haben die Wände Ohren, heißt es. Deshalb beginnt Laura erst mit dem Erzählen der Geschichte, als sie es sich auf der obersten Stufe der großen Treppe in einem Eckchen gemütlich gemacht haben.

»Also«, beginnt sie ihren Bericht, »Bolle hat uns um Hilfe gebeten. Er hat wohl etwas ganz Besonderes entdeckt, was aber niemand wissen darf. Bevor er uns sagen konnte, worum es sich handelt, ist er verschwunden.«

»Was?«

»Ich befürchte, unser Freund ist Gefahr.« Laura fällt es schwer, die ganzen Ereignisse in Kürze zusammenzufassen. Dabei ist es doch so wichtig, dass Sema jedes Detail des Falles von Anfang an kennt. Sie ist die Chronistin der Detektivbande.

»Bitte noch mal von vorne, Laura. So viel Zeit muss sein«, sagt sie dann auch. Gut, dass wenigstens Sema immer einen kühlen Kopf behält. Laura erzählt die Geschichte noch einmal.

»Und da stand wirklich ›Cave Canem‹ an der Wand? Du willst mich jetzt nicht veralbern, oder?« Sema schaut Laura tief in die Augen. »Klingt irgendwie nach einer Botschaft von Poblicius persönlich«, versucht sie zu scherzen. Aber beide Mädchen wissen, dass es um eine ernste Sache geht.

»Um zwölf Uhr ist Treffen in der Werkstatt. Dann kannst du dir die mysteriöse Warnung aus der Nähe anschauen.« Laura steht auf und klopft sich den Staub von der Hose. »Bis dahin müssen wir nur Deutsch und Mathe hinter uns bringen.«

12.15 Uhr, Alte Feuerwache

Kevin lehnt schon in cooler Pose am großen Tor der Alten Feuerwache, als die Mädchen ein paar Minuten zu spät eintreffen. Der Grund für die Verspätung ist Laura etwas peinlich, weshalb sie Sema gebeten hat, ihn nicht weiterzusagen: Ausgerechnet Freddy hat sie noch am Schultor abgefangen und sie auf ein Eis einladen wollen. Selbstverständlich hat sie sofort abgelehnt, bevor er die nette Einladung bis zum Ende vortragen konnte. Und dann hat sie ihn einfach stehen lassen.

»Na, was geht?«, begrüßt Kevin die Mädchen und aktiviert seinen unverwechselbar charmanten Augenaufschlag. Auch wenn er auf Lauras SMS von heute Morgen keinerlei Rückmeldung gegeben hat, war ihr klar, dass er kommen würde.

Als Wladi um die Ecke kommt, fällt die Begrüßung noch herzlicher aus. »Hey, Alter«, sagt Kevin mitten in der Umarmung. »Kann es sein, dass du nach Mottenkugeln riechst? Oder nach Scheuermittel? Cooler Duft! Solltest du darauf Patent anmelden, dann wirst du in Zukunft 4711 Konkurrenz machen!«

Laura muss grinsen.

Drinnen in der Werkstatt lässt Kevin sich als Erstes in den gemütlichen Sessel plumpsen. »Leute, ich sag es gleich, ich bin ab Montag im Tenniscamp angemeldet und habe gar keine Zeit, einen Vollzeitjob als Detektiv anzunehmen.«

»Das werden wir noch sehen«, prophezeit Sema. Bolzplatzbande 4ever – das haben sich die vier geschworen.

Laura schaut sich flüchtig in dem dunklen Raum um. Immer noch Kraut und Rüben. Riesenchaos. Nur die Besen hängen fein säuberlich an der Wand. Wladi hat sich also bemüht, keine Spuren am Tatort zu verwischen. Sie beobachtet, wie sich Conchita mit ihren kleinen Pfoten bemüht, an verschiedenen Stellen Löcher zu graben. Natürlich erfolglos, weil der Boden betoniert ist.

Wladi fasst nun den Stand der Ermittlungen zusammen. Dass Bolle ihn um Hilfe gebeten hat. Dass jemand des Nachts hier eingebrochen ist und dabei alles durchwühlt hat. Und dass die Unbekannten diese seltsame Botschaft hinterlassen haben: »Cave Canem« – Warnung vor dem Hund. Er zeigt auf die schwarzen Buchstaben, die Laura jetzt noch bedrohlicher vorkommen als heute Morgen.

»Übrigens«, sagt Wladi, »ich gefunden leere Spraydose in Mülleimer auf Hof. Ist Marke ›PAINTI‹ aus Kunstbedarf, besonders teure schwarze Farbe, gibt es nicht überall. Also, soweit ich als alter Tadschike weiß! Vielleicht wir haben so einen Hinweis auf sprayende Diebe …«

»Oder diebische Sprayer – genau! Und wir haben somit auch ihre Fingerabdrücke«, ergänzt Sema.

»Und«, schließt Wladi seinen Bericht mit einem Triumph ab, »Conchita und ich sind noch grooooßen Schritt weitergekommen in Fall. Ihr werdet staunen!«

»Ihr beiden, klar!« Laura wird fast ein bisschen eifersüchtig, dass Wladi mit ihrem Ferienhund so viel Zeit verbracht hat, während sie im Englisch-, Deutsch- und Matheunterricht ihre Zeit absitzen musste. Dennoch folgt sie Wladi wie die anderen auch in den hinteren Bereich der Werkstatt, dessen Tür sonst immer verschlossen ist.

»Hat Bolle sich etwa gemeldet?« Sema wird langsam ungeduldig.

»Nein, das nicht.« Wladi triumphiert. »Aber ist Spur hier von ihm.« Er zeigt auf den grauen Metallschrank im hinteren Bereich. »Tür war Spalt auf, und Super-Conchita ist rein in Schrank. Und was findet schlauer Hund?«

Wladi hält plötzlich Bolles rote Arbeitsschuhe hoch, die jeder hier im Agnesviertel kennt. Der Straßenkehrer trägt sie eigentlich immer bei der Arbeit und zieht sie erst aus, wenn er Feierabend hat.

Wladi hat offenbar noch weitere Gegenstände aus dem Schrank geborgen: Bolles teurer Turbospaten ist dabei und seine blaue Arbeitslatzhose. Aus der Hosentasche holt Wladi Bolles altes Handy hervor und drückt es Laura in die Hand. »Letzte Nummer ist in Nacht zu Donnerstag gewählt worden. Noch nach SMS an Wladi. Nummer aber ist unbekannt! Wir also nicht wissen, wen er da angerufen hat.«

»Ich checke das«, sagt Laura.

»Seltsam ist, dass ist guter Anzug weg, der sonst hängt in Schrank.«

Sema kennt den Straßenkehrer sehr gut und auch schon sehr lange, weil sie früher gegenüber der Alten Feuerwache gewohnt hat, bevor sie mit ihrer Familie in Kölns kleinsten Stadtteil, nach Mauenheim, gezogen ist. Und auch sie scheint sich jetzt sehr zu wundern. »Das ist in der Tat seltsam, denn Bolle wirft sich nur in Schale, wenn etwas Besonderes stattfindet: eine Hochzeit oder eine Beerdigung. Das passiert vielleicht einmal im Jahr.«

Plötzlich hören die Kinder im Vorraum der Werkstatt, dass sich jemand am Tor zu schaffen macht. Es wird nicht lange dauern, bis derjenige merkt, dass das Schloss aufgebrochen und kaputt ist und man einfach reinspazieren kann.

Tatsächlich hören sie jetzt Schritte.

»Es ist nur einer!«, flüstert Laura. Conchita knurrt. »Psst, Kleine. Sonst entdeckt der uns noch.«

Ein tiefes Räuspern. »Hallo? Ist da wer?«, ruft einer.

Die Kinder schauen sich erschrocken an. Nur Sema bleibt cool. »Ich geh da raus, und ihr bleibt hier im Versteck.«

Mutig! Laura kann es gar nicht fassen, dass sie sich das allein traut. Sei vorsichtig!, will sie noch sagen, doch da ist Sema schon durch die Tür.

Gespannt lauschen die anderen, was sich jetzt tut.

»Du? Hier?« Semas Stimme klingt wirklich sehr überrascht.

Durch die dicke Wand und die verschlossene Tür kann man kaum etwas verstehen. Laura presst ihr Ohr an die kühle Tür.

»Eiskalt«, sagt da gerade jemand. Laura versteht das Wort »schuldig« und »ich musste das tun«. Sie bekommt eine Gänsehaut.

Da herrscht plötzlich Stille.

»Wir müssen da raus!«, sagt sie, und ohne die Reaktion ihrer Freunde abzuwarten, reißt sie die Tür auf und stürmt in den vorderen Werkstattbereich – bereit, alles zu tun, um Sema vor dem gefährlichen Fremden zu beschützen. Doch mit dem, was sie jetzt sieht, hat sie nun wirklich nicht gerechnet.

Vor ihr steht Freddy. Freddy Mister, der Streber, dem sie eben noch in der Schule so unsanft eine Absage erteilt hat. Freddy, der keiner Fliege was zuleide tun kann. Außer, dass er alle immer mit seinen Einser-Noten nervt. Und der sie jetzt verlegen mit einem Becher Eis in der Hand angrinst.

»Was machst du denn hier?« Laura ist nun wirklich verdutzt. Erst jetzt sieht sie, dass Sema hinter ihm steht und irgendetwas mit wilden Gesten wortlos auszudrücken versucht. »Was macht er hier?«, wendet Laura sich jetzt an sie.

Sema zuckt ratlos die Schultern. »Er hat sich nicht abwimmeln lassen. Er ist uns wohl von der Schule hierher gefolgt. Er will zu dir, Laura.«

»Wollte echt nicht stören. Sorry.« Der dünne, blasse Junge hält Laura jetzt verlegen einen bunten Becher mit geschmolzenem, fast flüssigem Stracciatella-Eis entgegen. »Ist vom ›Eisfeld‹, meinem Lieblingsladen«, sagt er, und ein bisschen Stolz schwingt in seiner Stimme mit.

»Eisfeld« ist wirklich ein cooler Laden und nicht gerade um die Ecke. Ist er wirklich extra nach Ehrenfeld und zurück geradelt, um dieses Eis zu besorgen?, überlegt Laura.

»Dachte nur, ich muss das tun. Ich bin dir ein Eis schuldig. Weil ich dir eiskalt die DVD vor der Nase weggeschnappt habe. Eigentlich wolltest du sie ja über die Ferien ausleihen.«

Da sind sie wieder, die Worte »eiskalt« … »schuldig« … »ich musste das tun«. Laura muss jetzt herzhaft lachen. Und sie hat sich eben bei diesen Worten vor Angst fast in die Hosen gemacht.

»Was für eine DVD?« Inzwischen hat sich auch Kevin rausgetraut und ist jetzt neugierig, was es mit diesem seltsamen Besuch auf sich hat.

Laura ist die ganze Sache ziemlich unangenehm. Dass Freddy in sie verknallt ist, merkt ja ein Blinder. Wieder tut er ihr ein bisschen leid. Aber wenn sie ehrlich ist, ist sie auch beeindruckt, wie hartnäckig der Junge seine Ziele verfolgt.

Freddy hält Kevin die DVD von Frau Meisenberg hin. »'n Film über Römer am Rhein. Ich dachte, ich schau mir den noch an, bevor am Montag mein Praktikum im Römisch-Germanischen Museum beginnt.« Jetzt wendet er sich wieder Laura zu. »Wir können den Film ja auch zusammen anschauen. Morgen Abend oder so?«

Er lässt einfach nicht locker.

»Gute Idee«, sagt da Kevin. Laura erstarrt innerlich. Ob Kevin wirklich nicht merkt, dass er gar nicht gemeint ist? Die Einladung galt ihr, das ist doch klar wie Kloßbrühe. Und sie wird sie ganz sicher nicht wahrnehmen.

Aber Freddy strahlt jetzt über das ganze Gesicht. »Au prima. Wollt ihr dann morgen alle zu mir kommen? Wir haben einen Beamer. Ist wie im Kino!«

»Super!«, sagt Kevin und steckt die DVD unauffällig in seine Jackentasche. Dann schiebt er den glückseligen Freddy behutsam in Richtung Ausgang. »Also gut, morgen um zwanzig Uhr bei dir. Wie ist die Adresse? Und sollen wir was mitbringen?«

»Mevissenstraße 5«, sagt Freddy und winkt zum Abschied. »Nö, nix. Unsere Speisekammer ist immer voll.«

Die Kinder sehen, wie sich der Junge hüpfend über den Hof der Alten Feuerwache bewegt, an den Tischtennisplatten vorbei in Richtung Ausgang. Er macht einen glücklichen Eindruck. Wenigstens der.

»Spinnst du, Kevin?« Laura lässt sich auf einen Sessel plumpsen. Es ist die einzige richtige Sitzmöglichkeit im Raum. Die anderen müssen mit leeren Bierkisten oder einem Mülleimer als Sitzgelegenheit vorliebnehmen.

»Ich hab auch nix Bock, in Ferien bei irgendein Super-Streber von Schule zu sitzen, der mich schon Rest von Jahr total nervt.« Wladi verschränkt die Arme vor dem Bauch.

»Das wird sehr interessant, Freunde.« Triumphierend zieht Kevin die DVD hervor und fuchtelt damit vor seinen Freunden herum.

»Was ist damit?« Laura will es jetzt aber auch wissen und schnappt sich das Teil.

Auf der Hülle der DVD ist ein römisches Mosaik abgebildet, das aus klitzekleinen Steinchen besteht: Meisterhaft hat der Künstler einen riesigen Tisch mit allerlei Köstlichkeiten dargestellt. Und unter der üppigen Tafel sitzt ein Hund, der offenbar nur darauf wartet, dass für ihn ein paar leckere Reste abfallen. Die Inschrift darunter ist kaum zu entziffern. Doch Laura kapiert sofort, welche Botschaft da vor rund zweitausend Jahren von römischen Steinmetzen in das Mosaik eingearbeitet wurde: »CAVE CANEM«.

»Warnung vor dem Hund«, flüstert sie andächtig. Klar, dass sie den Film jetzt auch zu Ende sehen will. Notfalls eben auch mit diesem Freddy …

18 Uhr, Gereonswall

Auch wenn die Kinder die Werkstatt an der Alten Feuerwache mit einem dicken Vorhängeschloss gesichert haben, ist Laura nicht wohl bei dem Gedanken, dass der Ort nun unbewacht ist. Dabei hat Kevin ja eigentlich recht: Wenn die Einbrecher schon beim ersten Versuch fündig geworden sind, würden sie nicht noch mal kommen. Wenn nicht, würden sie woanders suchen. Nach was auch immer.

Am Eigelstein kauft sich Laura von ihrem Taschengeld einen günstigen großen Rucksack. Er hat genau die richtige Größe, um Conchita darin zu verstecken. Dem kleinen Hund scheint die neue Transportmöglichkeit sogar gut zu gefallen. Manchmal steckt der Pudel das Köpfchen oben raus, dann wieder rollt er sich ein und versucht, ein Nickerchen zu machen.

»Nicht, dass du dich daran gewöhnst, Kleine«, sagt Laura. »Das ist nur, um meine Eltern vor einem ersten Schock zu bewahren.«

Ein paar coole Typen in schwarzen Klamotten, die sich am Eigelstein auf der Bank niedergelassen haben, schauen Laura neugierig hinterher. Vielleicht denken die, dass ich Selbstgespräche führe, fährt es ihr durch den Kopf. Ein Mädchen hat sich unter die Jungs gemischt, auch sie trägt ein Nasenpiercing und einen langen schwarzen Mantel. Laura kennt sie noch aus der Grundschule. Marisa. Ausgerechnet Freddys Schwester.

Interessanter Style, feixt Laura innerlich. Man sieht sich morgen. Um zwanzig Uhr in der Mevissenstraße.

Zu Hause angekommen, schließt sie möglichst leise die Wohnungstür auf. Den Weg durch das Treppenhaus hat sie schon gemeistert, ohne von jemandem gesehen worden zu sein. Dann wird sie es jetzt doch hoffentlich auch schaffen, mit dem Hund unbemerkt in ihr Zimmer zu gelangen.

Doch diesmal hat sie Pech: Die kleine Systra biegt krabbelnd um die Ecke, sieht ihre große Schwester und quietscht vor Freude. Das grelle Geräusch lässt Conchita aufmerksam werden, und für einen kurzen Moment schaut der kleine Hund neugierig aus dem Rucksack heraus. Wenn Laura bisher dachte, dass Babys mit ihren kleinen Augen noch nicht so gut sehen können, wird sie jetzt eines Besseren belehrt. Das Krabbelkind starrt den Hund an. Der Hund starrt für eine lange Weile zurück.

Dann geht es los. »Wau-wau!«, ruft Systra.

»Wuff!«, antwortet Conchita.

Systra, hocherfreut: »Wau-wau!«

Um dem Ganzen ein Ende zu bereiten, wagt Laura einen großen Hechtsprung in ihr Zimmer und knallt die Tür hinter sich zu. Erst hier lässt sie das Hündchen aus dem Rucksack. »Siehst du, das haben wir jetzt davon. Du kannst froh sein, dass Systra noch nicht sprechen und uns somit nicht verraten kann.«

»Wau-wau!«, hören sie jetzt die Kleine von draußen rufen und an die Tür hämmern. Mann, hat die eine Kraft.

Laura verstaut den Rucksack mit dem Pudel im Kleiderschrank. »Du bist jetzt ganz brav, abgemacht?«, sagt sie.

Laura hört, wie die Mutter aus der Küche kommt. »Was ist denn das hier für ein Lärm?«, schimpft sie. Renate Pauli kann laute Geräusche nicht ausstehen. Wieso sie dann unbedingt noch ein frisches Baby wollte, gehört für Laura zu den großen ungelösten Rätseln.

»Wau-wau!« Systras Bellen klingt immer trotziger.

Renate Pauli lacht. »Ach, du bist das, Kleine. Und ich dachte schon, wir hätten einen Hund in der Bude. Das wäre ja das Letzte, was ich je erlauben würde«, sagt die Mutter vor der Tür, und sie klingt gut aufgelegt. Sie ahnt offenbar nichts. »Laura, bist du da?«

»Ja!«, brüllt Laura genervt zurück und legt sich ein Kissen auf das Gesicht. Ein Hund ist das Letzte, was die Mutter je erlauben würde? Hat sie das eben richtig verstanden? Und was ist, wenn so ein kleiner Hund Hilfe braucht? Weil sein Frauchen ihn allein gelassen hat?

»Kannst du mal kurz auf Systra aufpassen? Ich muss noch mal runter zum Supermarkt, hab die saure Sahne vergessen.«

Laura wartet kurz. Dann öffnet sie wortlos die Tür zu ihrem Zimmer, nur einen Spaltbreit. Schon krabbelt ihre Schwester rein, schaut sich kurz um und zeigt auf den Schrank. »Wau-wau. Srank?«

Blöd ist das Schwesterlein ja nicht, fällt Laura mal wieder auf.

Erst als ihre Mutter die Haustür hinter sich zugezogen hat, öffnet Laura den Kleiderschrank und befreit den Pudel aus einem Berg Wäsche, die zuvor noch ordentlich gebügelt war. Conchitas Köpfchen schaut aus den Unterhosen hervor, eine hängt ihr falsch herum über dem rechten Ohr. Das sieht so drollig aus, dass Laura ihr Smartphone holt und davon ein Foto macht. »Ach, Conchita, wie gerne würde ich dich behalten.«

Der Pudel schüttelt die seltsame Kopfbedeckung ab und springt auf Systra zu. Die Kleine scheint gar keine Angst vor dem Tier zu haben. Sie sitzt auf ihrem Windelpopo und klatscht vor Freude in die Hände. Auch dass sie zur Begrüßung abschleckt wird, voll übers Gesicht, scheint ihr so gar nichts auszumachen.

Na toll, denkt Laura mit Blick auf ihren Kleiderschrank. Und wie soll ich dieses Chaos jetzt meiner Mutter erklären?

Während Systra mit ihren kleinen speckigen Händchen den Hund zu streicheln versucht, hört Laura von draußen laute Sirenen. Am Gereonswall gibt es häufiger mal Unfälle, weil die Straße für Autos, Radfahrer und Fußgänger doch zu eng ist. Was richtig Schlimmes ist bis jetzt zum Glück noch nie passiert.

Und tatsächlich hat unter ihrem Fenster ein Notarztwagen geparkt, direkt gegenüber der Großbaustelle. Zwei Sanitäter holen gerade eine Trage aus dem hinteren Bereich des Wagens, überqueren damit die Straße und betreten die Baustelle durch den Bauzaun. Mist, ab jetzt kann Laura nicht mehr sehen, was dort passiert. Und hätte sie nicht gerade einen Hund und ein Kleinkind an der Backe, würde sie schnell nach unten rennen, um nachzuschauen, was los ist.

Vor der Baustelle, so viel kann sie erkennen, sammelt sich jetzt eine Menschentraube. Laura sieht den fiesen Michi Mense mit dem dicken Gunther in ihren schwarzen hässlichen Mänteln – beide sicher wieder nur mit Lästern beschäftigt. Die Frau, die donnerstags immer den Vollkornbrotstand auf dem Markt betreibt, steht mit ihren Freundinnen zusammen und hält sich entsetzt die Hand vor den Mund. Wayan Dairi, der den Juwelierladen am Eigelstein betreibt, kommt auch vorbei und verlangsamt seinen Schritt. Das Blaulicht am Wagen dreht sich geräuschlos.

Ein Mann mit einem gelben Baustellenhelm tritt jetzt auf die Straße und scheucht die Schaulustigen weg. Laura kann nicht verstehen, was er sagt. Doch jetzt sieht sie ihre Mutter mit dem Fahrrad um die Ecke biegen. Am Lenker hängt eine Tüte mit Einkäufen, und ihr buntes Kleid weht im Fahrtwind.

»Der Spaß ist vorbei. Die Mama kommt.« Laura klatscht in die Hände. Die Kleider müssen in den Schrank zurück, und der Hund muss versteckt werden, nur wo?

Systra schaut verdutzt. »Wau-Wau!«, ruft sie. »Pielen!«

»Jetzt nicht, Süße. Jetzt gibt es gleich Abendessen, okay?«

Notdürftig legt sie die T-Shirts, Hemden und Pullover zusammen, die Conchita zerwühlt hat. Dabei kommt ihr eine gute Idee in den Sinn: Seit einigen Wochen dürfen die Leute im Haus den Speicher zum Wäscheaufhängen nutzen. Das Angebot hat sich noch nicht unter allen Parteien im Haus herumgesprochen, manchen ist der Weg bis nach ganz oben eh zu weit. Deshalb ist es nur die Familie Pauli, die zurzeit die nassen Handtücher oder Bettlaken dort oben aufhängt. Eigentlich also der perfekte Ort für einen Hunde-Schlafplatz: trocken, gut durchlüftet und mit viel Auslauf. Ein guter Plan.

Sie schaut noch mal kurz aus dem Fenster. Ihre Mutter hat den Baustellenmann in ein Gespräch verwickelt, gut! Schnell also die kleine Systra in ihr Gitterbett verfrachten. Und hoch auf den Speicher, um Conchita ein gemütliches Lager für die Nacht zu bauen.

21 Uhr, Gereonswall

Carlo und Renate Pauli haben sich eine Flasche Wein, einen guten Roten aus dem Rhonetal, geöffnet und eine Kerze angezündet. Systra ist schon längst erschöpft eingeschlafen, aber Laura darf heute länger aufbleiben, weil Wochenende ist. Etwas abseits ihrer Eltern hat sie sich mit ihrer Tasse Gute-Nacht-Kakao in eine braune Wolldecke gewickelt. Wie nett ihre Eltern heute Abend wieder miteinander umgehen, ganz anders als früher.

»Ich bin groggy«, sagt ihre Mutter und nimmt einen Schluck Wein zu sich. »Zuerst bekommt Systra diesen Hunde-Tick und bellt stundenlang – keine Ahnung, wo sie das herhat –, und dann passiert quasi vor meinen Augen auch noch ein Unfall auf der Baustelle.«

Laura spitzt die Ohren. Warum die Schwester nur noch bellt, weiß sie zufällig. »Hast du etwas über den Unfall rausfinden können?«, fragt sie. Sie bemüht sich, nicht allzu neugierig zu klingen. Aber seit sie die Mutter im Gespräch mit dem Bauarbeiter gesehen hat, kann sie sich kaum zurückhalten.

»Ein Unfall? Davon weiß ich ja gar nichts«, sagt Lauras Vater jetzt auch. »Erzähl mal!«

Aber Renate Pauli winkt ab. »Zum Glück ist nichts Schlimmes passiert! Da ist eine ältere Dame – diese Frau Troisdorf aus der Blumenthalstraße – in die Baugrube gefallen. Sie hatte aber Glück im Unglück: Sie hat nur eine leichte Gehirnerschütterung, und der Arm tat ihr sehr weh, sie war jedenfalls ziemlich durcheinander. Zum Glück kenne ich sie und konnte ihren Namen und die Adresse an den Sanitäter weitergeben. Man hat sie zur Beobachtung ins Vinzenz-Krankenhaus gebracht.«

Laura kneift nachdenklich die Augen zusammen. Jetzt kann sie ihre Neugier doch nicht länger verbergen. Margit Troisdorf soll das Baustellen-Opfer sein? Was ist denn das für ein seltsamer Zufall, dass ausgerechnet jetzt, wo Bolle verschwindet, auch noch seine Freundin Maggi einen Unfall erleidet?

Im Fernsehen kommen die Spätnachrichten. So lange ist Laura selten wach. Die ersten zwei Meldungen betreffen Anschläge in einem fernen Land und Krieg in einem nicht ganz so fernen Land – weltweit brodele es, heißt es im Kommentar eines Fernsehpfarrers. Aber man solle sich nicht verängstigen lassen. Besser immer ans Gute im Menschen glauben.

»Klar«, lästert Carlo Pauli, »auf der ganzen Welt bringen sich die Leute um die Ecke, und wir hier in Deutschland sollen den Kopf in den Sand stecken und so tun, als wäre nichts.«

Wütend steht er auf, um sich aus dem Kühlschrank ein Stück Käse zu holen. Lauras Papa isst immer, wenn er sich aufregt. Und da das sehr häufig vorkommt, regt das wiederum seine Frau Renate auf, die sich um das tägliche Auffüllen des Kühlschranks kümmert. »Will sonst noch jemand was aus der Küche?«, ruft er, einen Tick zu laut.

Doch jetzt ist es an Laura, gespannt auf den Bildschirm zu starren. »Pssst!«, sagt sie nur. Endlich geht es in den Nachrichten mal um ein Thema, das sie interessiert: Man habe kürzlich beim Ausheben einer Baugrube in der Kölner Nordstadt – neben einigen Grabbeigaben – ein altrömisches Hundeskelett gefunden, das genauso liebevoll wie ein Kind begraben worden sei, wie die wertvollen Grabbeigaben bezeugen.

Es wird ein ziemlich verwackeltes und unscharfes Foto eingeblendet, das jemand wohl mit einem Handy gemacht hat. Ein langer, schmaler Schädel liegt friedlich in der Erde, man kann die Rippenbögen erkennen, die aus der Erde ragen, und den langen Schwanz. Daneben sind undeutlich mehrere Grabbeigaben zu sehen, vermutlich Schalen und Teller aus Ton.

Eine Weltsensation, heißt es, denn Hunde gehörten im alten Rom nicht unbedingt zu den beliebten Haustieren. Sie galten vielmehr als Wachhunde und wurden deshalb auch nicht prunkvoll beerdigt.

Laura rührt dieses Foto irgendwie. Dieser kleine Hund, dessen Knochen man jetzt gefunden hat, hat vor unglaublich langer Zeit in Köln gelebt. Genau hier, wo sie – Laura – auch wohnt. So wie Conchita hatte der Hund sicher einen Menschen an seiner Seite, der ihn liebte und der unglaublich traurig gewesen ist, als das Tier starb. Vielleicht hat ein Kind damals alles in das Grab reingelegt, was ihm selbst wichtig war: Teller, Spielzeug und Futter für die lange Reise ins Jenseits.

Die Baugrube, das kann man in der nächsten Szene erkennen, ist teilweise mit rot-weißem Band abgesperrt – dort, an dieser Stelle, muss das Skelett gefunden worden sein, kombiniert Laura. Eine Folie schützt das Loch vor strömendem Regen.

»Moment mal«, Renate Pauli springt von ihrem Sessel auf, »das ist doch die Baustelle hier am Gereonswall.«

Tatsächlich! Jetzt sieht Laura es auch. Kurz kann man sogar den parkenden roten VW-Caddy ihrer Mutter im Bild erkennen, als die Kamera herumschwenkt. Krass!

»Und nun schalten wir um zum Wetter«, sagt Henning Kranz, der Nachrichtensprecher, gerade, als Laura vom Sofa aufsteht. Sie hat genug gehört. Ein römisches Hundeskelett – liegt da nicht vielleicht eine heiße Spur direkt vor ihrer eigenen Nase?

23 Uhr, Gereonswall

Laura:
Es gibt sensationelle Neuigkeiten.

Kevin:
Ich penne schon, Leute.

Wladi:
Spuck's aus.

Laura:
Margit Troisdorf, Bolles Freundin, ist in eine Baugrube gefallen. Gleich bei mir gegenüber.

Kevin:
Ich kapier gar nichts.

Sema:
Waaaaas??? Wie geht es ihr?

Laura:
Wahrscheinlich nur Arm gebrochen.

Sema:
Hat das mit unserem Fall zu tun?

Laura:
Weiß nicht. Wir müssen sie aber unbedingt sprechen. Es gibt nämlich noch was Interessantes.

Sema:
Hä? Was?

Laura:
Überraschung! Sensation! Eine heiße Spur – whatever …

Sema:
Gleich morgen früh?

Laura:
Jepp! Treffpunkt: Vinzenz-Krankenhaus.

Kevin:
Nix da. Ich schlafe aus.

Wladi:
???

Sema:
11 Uhr, Hauptportal Merheimer Straße?

Kevin:
Ich will AUSschlafen.

Laura:
Super. 11 Uhr!

Wladi:
Okay.

Kevin:
Nö.

Kevin:
Okay. Überredet. Nacht!

Laura:
MFG

Samstag, 8. Oktober

9 Uhr, Gereonswall

Laura hat in der Nacht kein Auge zugetan. Sie hat nicht nur sich selbst, sondern auch alle Fakten dieses seltsamen Falles hin- und hergewälzt.

Müde quält sich Laura zu früher Stunde auf den Dachboden, wo sie von Conchita freudig begrüßt wird. Während der Pudel sein Frühstück verputzt, schaut sich Laura auf dem geräumigen Speicher um, wo ein paar Wäschestücke auf einer Leine hängen und in hinterer Ecke lediglich einige Umzugskartons mit der Aufschrift »PAULI« stehen. Die stammen bestimmt noch von ihrem Umzug vor zwei Jahren, mutmaßt Laura.

Die Familie hatte sich sofort nach einer größeren Wohnung umgesehen, als klar war, dass noch ein Baby unterwegs ist. Laura erinnert sich an die Zeit als Einzelkind wie an einen alten, unwirklichen Film: Früher haben sich ihre Eltern nämlich häufig gestritten. Einmal sogar so heftig, dass sie sich für ein paar Wochen getrennt haben. Das war schlimm für Laura. Sie hat sich damals umso mehr in die Detektivarbeit reingehängt und mit Wladi, Sema und Kevin einige knifflige Fälle gelöst. Doch nach Systras Geburt waren die Streitereien zwischen den Erwachsenen plötzlich vorbei. Auch dafür liebt Laura ihre Schwester über alles.

Conchita macht sich an den Umzugskartons zu schaffen. Vergebliche Liebesmüh, denkt Laura. Die sind viel zu schwer, um sie zu bewegen.

»Du mit deiner Buddelei. Ich glaube, wir müssen mal einen Ausflug in den Park machen. Dort gibt es eine Hundewiese, und du kannst so viele Löcher graben, wie du willst.« Das Nippeser Tälchen mit der großen Hundewiese befindet sich direkt hinter dem Vinzenz-Krankenhaus, wo sie ja heute eh hinmuss.

Laura streichelt den Pudel liebevoll. Doch als sie Conchita auf den Arm nehmen will, versteckt sich der Hund zwischen zwei gestapelten Kartons – Verstecken spielen am frühen Morgen? Okay, das kannst du haben.

Aber die Umzugskisten sind nicht zu verrücken, so schwer sind sie. Was mag da überhaupt drin sein? Vielleicht ja etwas, das sie seit dem Umzug schon vermisst hat.

Neugierig öffnet Laura die obere Kiste, auf der mit einem schwarzen Stift »LAURAS DINGE« geschrieben steht. Kann ja nicht verboten sein, in ihre eigene Kiste zu schauen, oder? Doch darin ist nur eine weitere Kiste. Und in der wiederum sind eine Menge Schuhkartons gestapelt. Einen davon nimmt Laura behutsam raus und öffnet ihn.

»Das gibt es ja nicht. Schau mal, Conchita, das sind ja Babyfotos von mir!« Laura ist fasziniert und erstaunt zugleich. Diese Bilder hat sie noch nie gesehen. »Schau, da war ich genauso alt, wie Systra jetzt ist.«

Conchita interessiert sich nicht sonderlich für Lauras Fund. Sie scharrt jetzt an der Tür zum Treppenhaus. Stimmt ja! Der letzte Gassi-Gang ist schon einige Stunden her. Daran hat Laura gar nicht gedacht.

»Sorry, Kleine.« Laura schließt die Kiste wieder. Lieber wird sie die Fotos bei Gelegenheit mal in Ruhe anschauen. Vielleicht ja auch mit ihren Eltern zusammen.

Behutsam nimmt sie Conchita auf den Arm, streichelt ihr zärtlich übers Köpfchen und setzt sie – mit der Fotokiste – in den geräumigen Rucksack hinein. »Ist nur für kurz. Wir müssen ja unerkannt durchs Treppenhaus kommen, okay?«

Die Tür zum Speicher schließt sie wieder hinter sich ab. Den Schlüssel lässt sie aber stecken. Ist eher unwahrscheinlich, dass ihre Mutter ausgerechnet heute die Wäsche abhängen will, wo sie das seit mehreren Wochen nicht getan hat.

11 Uhr, Vinzenz-Krankenhaus

Margit Troisdorf sieht richtig blass aus, wie sie da so ungeschminkt in ihrem Krankenhausbett liegt und gelangweilt vor sich hinstarrt. Erst als sie Wladi, Kevin, Sema und Laura erkennt, hellt sich ihre Miene auf.

»Was für eine Freude! Die Bolzplatzbande höchstpersönlich!« Aus ihren Augen blitzt nun der alte Schalk, der Laura von Anfang an begeistert hat.

Laura muss daran denken, wie sie Maggi kennengelernt haben: Die alte Dame aus der Blumenthalstraße hatte den jungen Detektiven nämlich geholfen, den letzten Fall zu lösen, bei dem sie einer Bande Juwelendiebe auf die Schliche gekommen waren. Dabei war Maggi ihrer Jugendliebe Bolle, dem Straßenkehrer, begegnet – seitdem sind die beiden unzertrennlich und wohnen jetzt sogar zusammen in Margit Troisdorfs großem Haus.

»Ich hätte gar nicht gedacht, dass hier überhaupt jemand nach mir fragt«, sagt die alte Dame. »Jetzt, wo sogar Bolle nichts mehr von mir wissen will.«

Die Kinder schauen sich bedeutungsvoll an. Aha. Eine durchaus interessante Anspielung, die die alte Dame mit dem Verband um den Kopf da gerade gemacht hat.

»Wir machen uns große Sorgen«, sagt Kevin ohne lange Vorrede.

»Das müsst ihr wirklich nicht, ihr lieben Kinder. Mir geht es den Umständen entsprechend gut.«

Sema räuspert sich. »Also ehrlich gesagt machen wir uns vor allem Sorgen um Bolle.«

Maggis Gesicht versteinert. Ohne dass große Worte nötig wären, verstehen die Kinder, dass da offenbar etwas nicht stimmt.

Gerade als Laura nachfragen will, betritt eine Krankenschwester den Raum, sie schiebt einen kleinen Wagen vor sich her, auf dem ein Teller mit Mittagessen vor sich hin dampft. Sie klappt wortlos einen Tisch aus und schiebt das Essen vor die Patientin. »Guten Appetit, Frau Troisdorf. Lassen Sie es sich schmecken.«

Kaum hat sie das gesagt, ist sie auch schon wieder aus dem Zimmer, sicher muss sie die anderen Patienten auch noch mit Essen versorgen.

»Gab es denn einen Streit?« Sema ist die Einzige, die sich diese Frage zu stellen traut. Sie schaut dabei ganz harmlos aus der Wäsche, so als sei es die normalste Sache der Welt. Zeitgleich stellt sie den kleinen Strauß Blumen in einer Vase auf den Nachttisch. Ihre Schwester ist Floristin und arbeitet bei einem Blumenladen auf der Merheimer Straße. Wie toll, dass wenigstens sie daran gedacht hat, der Kranken etwas mitzubringen.

»Nein, überhaupt nicht«, gibt Maggi Auskunft. »Am Wochenende war noch alles in bester Ordnung. Er hat mir sogar eine besondere Überraschung angekündigt. Etwas, das ich nie vergessen werde, hat er noch gesagt. Und dass er jetzt eine Idee habe, wie er in kurzer Zeit viel Kohle verdienen kann. Er müsse nur ein paar Nächte richtig ranklotzen.«

»Kohle? Ranklotzen?« Sema formt die Augen zu Schlitzen, wie immer, wenn sie angestrengt nachdenkt. »Was genau meinte er damit?«

»Na, arbeiten. Als Security auf einer Baustelle. Sicherheitsdienst. Mit Nachtzuschlag. Den Job hat ihm Ralle besorgt. Keine Ahnung, für was er plötzlich so viel Geld braucht.«

Laura staunt nicht schlecht. Das Baustellen-Thema lässt sie offenbar nicht mehr los. Sie sieht, wie Sema den Namen »Ralle« in ihrem Recherchebuch notiert. Auch den kennen sie bereits vom Fall »Hai-Alarm« – ein ausgesprochen netter Kerl und Bolles ältester Kumpel.

»Als Bolle am Donnerstagmorgen nicht von der Arbeit nach Hause kam, habe ich mich erst einmal gar nicht gewundert. Doch als er dann nicht mal mehr an sein Handy gegangen ist, war ich alarmiert!«

»Ist es möglich, dass er entführt wurde? Vielleicht stecken ja dieselben Verbrecher dahinter, die Donnerstagnacht in seine Werkstatt eingebrochen sind.«

Kevin denkt gar nicht dran, die kranke Frau etwas zu schonen.

Er platzt gleich mit seiner wilden Entführungstheorie heraus. Dabei hat die Arme ja gerade einen Unfall hinter sich und sicher noch einen Schock.

Doch Maggi bleibt erstaunlich gelassen. »Ha!«, ruft sie jetzt so laut, dass Laura vor Schreck zusammenfährt. »Schon mal was von einem Mann gehört, der für eine Entführung seinen Reisepass mitnimmt? So geschehen nämlich am Mittwoch. Das Ding liegt sonst immer in der Schreibtischschublade, jetzt ist der Pass weg.«

»Das ist in der Tat seltsam«, sagt Laura, eigentlich eher für sich, aber alle haben es gehört und nicken. Reisepass und guter Anzug sprächen dafür, dass Bolle eine Reise angetreten haben könnte. Warum aber hatte er sich dann mit Wladi in der Werkstatt verabredet? Das macht doch gar keinen Sinn!

Mit einem zaghaften Klopfen kündigt sich jetzt wieder eine Krankenschwester an. Diesmal handelt es sich um eine junge Frau, die noch in der Ausbildung zu sein scheint. Jedenfalls ist es ihr irgendwie unglaublich peinlich, mitten in das Gespräch zu platzen. Mit einer hellen Piepsstimme sagt sie, dass die Besuchszeit nun leider vorbei sei. Aber, so fügt sie mit einem Blick auf die Kinder hinzu, am Nachmittag könne man ja gerne noch mal vorbeikommen.

»Ich habe nicht vor, am Nachmittag noch hier zu sein«, fährt Maggi das Mädchen in Krankenschwester-Montur unvermittelt an. Laura ist überrascht, wie viel Energie sie plötzlich wieder ausstrahlt. Auch die Schwester erschrickt ganz schön vor dem harschen Ton, den sie der alten Frau gar nicht zugetraut hat.

Doch Maggis Handbewegung ist eindeutig: Nichts da! »Mir schwebt vor, jetzt den Friseur aufzusuchen, um mir dann beim Italiener eine Pizza zu genehmigen. Von Kartoffelbrei werde ich nur noch kränker. Und dann machen wir uns an die Klärung unseres neuen Falls, nicht wahr, Kinder?«

»Aber«, die junge Schwester bemüht sich um ein freundliches Gesicht, »Sie können unmöglich allein nach Hause gehen. Es besteht Verdacht auf Gehirnerschütterung.«

Maggi springt jetzt so schwungvoll wie möglich aus dem Bett, als hätte sie plötzlich eine Energiespritze bekommen. Dennoch fällt Laura auf, wie zierlich und zerbrechlich die Achtzigjährige in dem weißen Nachthemd wirkt. Wladi schiebt ihr wortlos den Rollator ans Bett – er hat sofort verstanden, dass sie es mit ihrem Vorhaben ernst meint. Nur wird Maggi den Rollator mit ihrem gebrochenen Arm nicht schieben können.

»Erstens, meine Liebe, war mein Gehirn schon vor meinem kleinen Sturz gestern erschüttert. Und zweites sind meine Betreuer gerade eingetroffen. Diese Kinder begleiten mich nach Hause, nicht wahr?«

Kevin nickt.

»Klar«, sagt Sema.

Laura grinst und schielt dabei auf ihren Rucksack, in dem Conchita es sich gemütlich gemacht hat und selig schläft. Im Krankenhaus sind Hunde nicht erlaubt, das hat die Kleine sofort verstanden und sich bis jetzt ganz ruhig verhalten.

Auch die Krankenschwester hat den blinden Passagier nicht bemerkt. Sie regt sich gerade über den Starrsinn der alten Dame auf, jedenfalls schüttelt sie den Kopf und geht wortlos raus. Sicher will sie sich schleunigst auf die Suche nach dem behandelnden Arzt machen. Es bleibt also nicht viel Zeit, um mit Maggi das Weite zu suchen.

14 Uhr, Blumenthalstraße

Während Margit Troisdorf es sich in ihrem grünen Hausanzug auf dem Sofa gemütlich gemacht und sich mit einer Blumendecke zugedeckt hat, sitzen Kevin, Wladi, Sema und Laura an ihrem Esszimmertisch und haben vom Denken rauchende Köpfe. Schon eine halbe Stunde lang tragen sie die Ereignisse seit der Nacht zusammen, in der Bolle die Kinder um Hilfe gebeten hat und dann verschwunden ist. Immer wieder stocken die vier, die vielen

Informationen lassen – ähnlich wie bei Puzzleteilchen – immer noch kein Ganzes erkennen.

Maggi ist sichtlich froh, dass sie nicht mehr allein im Krankenhaus ist, sondern in Gesellschaft zu Hause. Ihr spektakulärer Ausbruch aus dem Krankenhaus hat ihre Stimmung um ein Vielfaches verbessert. Auf der rechten Seite gestützt von Kevin, links gestützt von Wladi, vor ihr Sema mit dem Rollator und hinter ihr Laura mit Conchita im Rucksack, ist sie zum Aufzug marschiert, als der Flur für einen Moment leer war, runter ins Erdgeschoss gefahren, hat dem Portier mit dem gesunden Arm zugewunken und »auf Nimmerwiedersehen« gerufen.

Jetzt scheint sie wieder ganz die Alte zu sein – von ihrem Gipsarm und dem Verband um den Kopf mal abgesehen. Conchita sitzt zu ihren Füßen und genießt es, von Maggi gestreichelt zu werden. Nach dem Ausflug zur Hundewiese ist die Pudeldame jetzt müde und zufrieden. Tatsächlich hat sie dort sogar neue Freunde gefunden, darunter einen Mischlingsrüden namens Balou aus Chorweiler und die kleine, feine Cockerspaniel-Lady Lou-Lou aus Nippes. Gemeinsam haben sie ziemlich viele Löcher gegraben. Ein erfüllter Hunde-Tag also!

»Überlegen wir noch mal von vorne, wie es abgelaufen sein könnte«, sagt Sema verzweifelt und blättert in ihren Notizen. »Mittwoch auf Donnerstagnacht regnet es in Strömen. Bolle bewacht – wie bereits in den Nächten zuvor – die Baustelle am Gereonswall. So umrundet er stundenlang das Areal, um auf die Geräte und das Baumaterial aufzupassen.«

»Vielleicht bedingt durch den heftigen Regen, wird in der Baugrube plötzlich ein Schädel freigespült«, sagt Laura. »Der römische Hund!«

»Oder er wurde schon vorher gefunden – das wissen wir nicht«, hakt Kevin ein. »So genau haben sie das in den Nachrichten nicht gesagt. Vielleicht hatte Bolle ja auch die Aufgabe, die Fundstelle zu überwachen.«

»Erst einmal egal. Bolle ist jedenfalls einer der Ersten, die das

Hundegrab überhaupt sehen. Er weiß, dass er irgendetwas tun muss. Nur was?«, fährt Laura fort.

Sie hat die Szene regelrecht vor Augen. Die dunkle Nacht, der große alte Mann im Regencape, dessen Taschenlampe einen Lichtkegel auf die durchnässte Erde wirft. Mal nach links, mal nach rechts. Bis er auf etwas Hellem ruhen bleibt: einem langen, schmalen Totenschädel.

»Er ist durcheinander, verwirrt, stolz, gerührt. Warum aber hat er nicht Maggi angerufen und ihr von seinem Fund erzählt?«, fragt Sema in die Runde.

Sie schweigen, bis Kevin ausspricht, was alle gerade denken: »Vielleicht wollte er den Fund für sich alleine haben. Immerhin sollen da wertvolle Grabbeigaben dabei gewesen sein, Schmuck, Geschirr, *whatever*. Und Bolle braucht Geld, wie wir gerade gehört haben.«

»Mir er schreiben an spätem Abend noch SMS. Größte Geheimhaltung. Keine Polizei. So hat er gesagt«, zitiert Wladi seinen alten Freund. »Aber warum?«

Sema springt auf. Sie scheint sehr aufgeregt. »Ich bin sicher, dass er zuvor mit jemandem darüber gesprochen hat, dem *er* größte Geheimhaltung versprechen musste.« Das türkische Mädchen zeigt mal wieder seine messerscharfe Kombinationsgabe. Manchmal denkt Laura, sie ist Justus Jonas, Bob Andrews und Peter Shaw von »Die drei ???« in einer Person.

»Aber wer kann das gewesen sein? Wer hat eine solche Macht über meinen Bolislav, dass er sogar mir gegenüber geschwiegen hat?«, denkt Maggi laut. »Wir sprechen doch sonst immer über alles.«

Sie schenkt den Kindern noch mal eine Runde Apfelsaft nach. Und sich selbst einen klaren Schnaps in ein gar nicht so kleines Glas. Die Sache setzt ihr zu, das merkt man.

Sema lässt sich von den Zwischenrufen nicht beirren. »Wir kennen Bolle als zuverlässigen Menschen, der nichts Unrechtes tun würde. Wem also würde so ein rechtschaffener Mann wie Bolle den Fund melden?«

»Dem Chef vom Sicherheitsdienst?«, wagt sich Laura mit einer Vermutung vor. »Oder dem Baustellenleiter?«

»Bingo!« Sema schaut ihre Detektivkollegin bedeutsam an. »Und die sollten wir mal dazu ausquetschen, um herauszufinden, welchen Grund diese Geheimniskrämerei haben könnte. Okay, Kollegen?«

Keiner hat an seinem Glas genippt. Auch die Kekse hat niemand angerührt, vor Aufregung haben die Kinder einfach vergessen zu essen. Der Aktionsplan macht Laura nervös. Sie will gemeinsam mit Wladi nach Ralle suchen, während sich die anderen auf der Baustelle umschauen.

»Moment«, stoppt da Maggi die Aufbruchstimmung, »darf denn das Hündchen heute Nacht noch bleiben? Dann bin ich hier nicht so einsam.«

»Gerne!«, sagt Laura und streichelt Conchita zärtlich. Das ist zurzeit für alle die beste Lösung, wie sie zugeben muss. »Ich geh noch mal eine Runde Gassi mit ihr und bring sie dann später vorbei.«

18 Uhr, Gereonswall

Laura öffnet die Tür und schaut sich um. Sturmfrei. Keiner zu Hause. Gut! Rasch zieht sie sich ihr gelbes Kleid an, eine bunte Leggins und die neuen Stiefel. Dann schaut sie in den Spiegel und wird nachdenklich. Hat Esma vielleicht recht, wenn sie sagt, dass ihr ein bisschen Farbe im Gesicht nicht schaden würde? Ohne lange nachzudenken, schnappt sie sich die schwarze Wimperntusche, die im Spiegelschrank liegt. Danach den hellrosa Lippenstift, den die Mutter letztens erst gekauft hat. Eigentlich findet sie das Ergebnis gar nicht mal so schlecht. Mal sehen, was die anderen zu dem neuen Look sagen werden.

Wenn Laura ehrlich ist, ist sie jetzt doch sehr gespannt auf den Film über die Römer am Rhein. Und dass sie die DVD bei

Freddy schauen, findet sie auch gar nicht mehr so eine schlimme Vorstellung. Sicher, so beruhigt sich Laura jetzt selbst, hat sie es sich sowieso nur eingebildet, dass der Klassenstreber auf sie steht. Ganz bestimmt sogar.

Sie legt noch einen Zettel auf den Küchentisch, auf dem steht, dass sie am Abend noch bei Freddy Mister aus ihrer Klasse eingeladen sei. Die Eltern werden sich schön wundern, da Laura seit zwei Jahren nur vom Streber-Freddy redet, der sie über alles nervt.

Mit einer Tüte Hundefutter und Chips macht sich Laura mit Conchita auf den Weg. Nach einer Runde Gassi will sie den Pudel bei Maggi abgeben und sich dann mit Sema, Wladi und Kevin an der Tankstelle an der Riehler Straße treffen. Von dort ist es zu Freddy nur noch ein Katzensprung.

19 Uhr, Balthasarstraße

Conchita zieht ganz schön an der Leine, so eilig will sie zum nächsten Busch. Laura ist das Tempo ganz recht, denn sie hat, seit sie die Wohnung verlassen hat, den Eindruck, dass jemand sie verfolgt. Doch immer, wenn sie sich rumdreht, sieht sie niemanden. Dann, auf Höhe der Eigelsteintorburg, hört sie ein leises Schlurfen und Atmen. Als Conchita an einem Busch abrupt stehen bleibt und das Beinchen hebt, läuft ihr ein Junge voll in die Fersen. Conchita knurrt bedrohlich, und als sich Laura rumdreht, weiß sie auch, warum: Der fiese Michi Mense steht vor ihr und schaut einigermaßen verdutzt.

»Spinnst du, einfach stehen zu bleiben?«

»Du spinnst, dass du mich verfolgst. Was willst du eigentlich von mir?« Laura baut sich breitbeinig vor dem langen, schlaksigen Kerl auf. Heute hat sie mal keine Angst vor ihm, wenn er auch körperlich stärker ist. Conchita gibt ihr eine enorme Sicherheit, obwohl der Hund keinerlei Anstalten macht, den Erzfeind der Bolzplatzbande auch nur ein bisschen einzuschüchtern.

Michi hasst die Mini-Detektive schon immer. Umso mehr, seit sie auch seinem Vater das Handwerk gelegt haben, als der mit Verbrechern unter einer Decke steckte. Nun sitzt Hausmeister Mense, Michis Vater, in Untersuchungshaft, und der Junge wohnt bei seinem Onkel und lässt keine Möglichkeit aus, anderen Schaden zuzufügen. Sozusagen als Rache an jedem und allem.

»Ich will etwas, und du weißt, wo es ist«, sagt er.

»Was meinst du, Michi?« Laura nimmt all ihren Mut zusammen, um nicht einfach wegzurennen. »Ich habe keine Ahnung, wovon du sprichst!«

»Willst du mich für doof verkaufen, Kleine?« Michi kocht innerlich, das sieht man ihm an. Fehlt nur noch, dass ihm der Dampf aus den Ohren rauskommt. »Ihr habt den Hund, ich weiß das. Wo ist er?« Er ballt die Hand zur Faust und streckt sie ihr entgegen. »Ich habe gesehen, dass ihr in der Werkstatt wart. Und ich weiß, dass ihr mit dem alten Straßenkehrer unter einer Decke steckt.«

Laura bekommt eine Gänsehaut. Ist dieser Michi jetzt etwa total durchgeknallt? Aus den Augenwinkeln beobachtet sie, wie Conchita die kleine Pause nutzt, um sich genüsslich hinter dem Ohr zu kratzen. So wird nie ein gefährlicher Wachhund aus ihr werden!

Laura weiß, dass sie jetzt keine falsche Bemerkung machen darf. Um aus Michi noch mehr herauszubekommen, muss sie ihn hinhalten. Was meint er damit, dass der Hund weg ist? Welcher Hund? Conchita? Oder spricht er tatsächlich von dem Skelett am Gereonswall? »Von was redest du überhaupt, Michi?«

»Ich warne dich«, sagt der Junge sichtlich sauer. Seine Faust, die jetzt auf sie zukommt und kurz vor ihrer Nase haltmacht, wirkt sehr bedrohlich.

Seine Hand und alle Finger sind übersät von schwarzen Farbsprenkeln, auch seine Fingernägel sind schwarz angemalt. Ein dicker Totenkopf-Ring prangt an seinem Ringfinger. Laura weicht ehrfürchtig zurück.

»Es bringt Unglück, wenn man die Totenruhe des Hundes

stört. Auch Bolle hat das zuerst nicht glauben wollen. Ich warne euch!«

Laura beschleicht ein ganz seltsames Gefühl. »Cave Canem«, auch Michi hat diese Warnung vor dem Hund ganz deutlich ausgesprochen. Das kann doch kein Zufall sein. Er muss mehr wissen als die Bolzplatzbande, die noch weitgehend im Dunkeln tappt.

»Wenn ihr den Hund bis Vollmond nicht wieder beerdigt, dann wird es euch übel ergehen«, sagt Michi Mense mit einer bedrohlich tiefen Stimme. Sie klingt, als käme sie gar nicht aus einem dünnen Körper, sondern von einem riesigen Monster.

Laura kann gar nicht so schnell reagieren, wie sie möchte, denn jetzt dreht sich der Junge einfach um und rennt davon. Sein langer schwarzer Mantel weht im Wind. Sie sieht nur noch, dass auf dem Rücken ein weißer Totenkopf abgebildet ist – »Monsters of Dogs« steht darunter. Ist das nicht diese gruselige Dark-Metal-Band aus den USA, die gerade in Europa Furore macht?

Moment mal, will sie noch rufen, was weißt du über Bolle? Was ist mit ihm passiert? Doch schlauerweise schweigt sie lieber. Diese Frage hätte Michi Mense schon aus alter Feindschaft nicht beantwortet. Was er mit dem Fall »Römergrab« zu tun hat, das werden die Detektive schon selbst herausfinden müssen.

20 Uhr, Mevissenstraße

Dass die Familie Mister so dermaßen reich ist, hätte Laura nicht gedacht. An die moderne Villa des Bauunternehmers schließt sich ein Garten an, fast so groß wie ein Fußballfeld, und das mitten in der Stadt. Allein das Grundstück, mutmaßt Laura, muss ein Vermögen gekostet haben.

Selbstverständlich kümmern sich um all das ein Gärtner, eine Putzfrau und ein Hausmeister, wie Freddy nebenbei erzählt, als er die vier Freunde an der Haustür empfängt und durch den Wohntrakt führt. Dort lungert in einem großen Samtsessel Freddys Schwester Marisa herum, die Laura gestern schon am Eigelstein gesehen hat. Doch jetzt hat sie ihre Löcher-Jeans aus- und einen recht noblen Hausanzug angezogen. Da die Zwölfjährige Kopfhörer auf den Ohren hat, bemerkt sie erst gar nicht, dass die Bude plötzlich voller Kinder ist.

Lauras Blick heftet sich auf ein Foto, das an der Wand im Wohnzimmer hängt und die komplette Familie Mister zeigt: Alle vier sehen aus wie einem Hochglanzmagazin entsprungen, die Frisuren sitzen, und alle lächeln mit ihren weißen, perfekten Zähnen. Seltsam, dass man manchen Menschen den Reichtum ansehen kann, denkt sie.

»Was starrst du so?« Marisa steht plötzlich hinter ihr. »Wer hat dich hier überhaupt reingelassen?«

»Freddy«, murmelt Laura verlegen und sieht erst jetzt, dass dieser sich schon mit den anderen in den Kinoraum im hinteren Trakt zurückgezogen hat.

»Wehe, du lässt hier was mitgehen«, zischt Marisa böse. »Wir haben überall im Haus Kameras. Also Vorsicht!«

Vielleicht, denkt sich Laura, ist es doch nicht so erstrebenswert, ein Leben in einem goldenen Käfig zu führen – mit dem ganzen Misstrauen, der Angst vor Diebstahl und schlechter Laune.

»Laura?«, hört sie da schon Sema rufen. »Kommst du?«

Laura schenkt Marisa ihr süßestes Lächeln und eilt dann schnell weiter in den hinteren Bereich des Erdgeschosses, wo Freddy gerade dabei ist, Fassbrause mit Strohhalmen zu verteilen.

Der Film liegt schon bereit, Freddy legt ihn ein, während die anderen sich jetzt der Reihe nach auf dem grünen Samtsofa niederlassen. Die Anfangsmelodie ertönt, und der Titel wird eingeblendet: »Die Römer am Rhein«.

Laura kennt den Anfang ja schon, es ist nur einen Tag her, dass sie ihn im Englischunterricht gesehen hat. Sie lässt also erst einmal den langen, schmalen Kinoraum mit der riesigen Leinwand auf sich wirken. Das ist schon etwas anderes, als ihre Lieblingsserien auf dem Mini-Display vom Handy zu schauen.

Oder auf dem alten Fernsehapparat, der in der Schule so rumsteht. Am liebsten würde sie gleich vorspulen an die Stelle, in der es um Hunde im alten Rom geht. Sie sind ja nicht zum Spaß hier, sondern mitten in der Detektivarbeit. Aber das weiß Freddy nicht.

Auf der großen Leinwand wirkt die animierte Karte von Colonia Claudia Ara Agrippinensium, dem heutigen Köln, unglaublich beeindruckend. Freddy gibt eine Schale Chips herum, eine unglaublich seltsame Geschmacksrichtung, die Laura ziemlich eklig findet. Sind das die Chips, die sie selbst mitgebracht hat? Seltsam.

Es dauert ungefähr zwanzig Minuten, bis die zweitausend Jahre alte Darstellung eines Hundes auf der Leinwand erscheint: Ganz deutlich ist er auf einem römischen Mosaik zu erkennen, das man in Pompeji ausgegraben hat. Sema räuspert sich vor Anspannung. Laura und Kevin tauschen bedeutsame Blicke. Ein Mann erscheint im Bild, »Dr. Ingo Leister, Archäologe« steht darunter. Na, den kennen wir doch schon aus den Nachrichten, denkt Laura.

»Das ist mein neuer Chef.« Freddy ist sehr stolz auf sein Praktikum im Römisch-Germanischen Museum.

Der Archäologe sieht in dem Film viel jünger aus als gestern im Fernsehen. Nicht nur an seinen Fundstücken, auch an ihm geht die Zeit offenbar nicht spurlos vorbei.

»Hunde wurden im alten Rom lediglich als Wachhunde gehalten, die Menschen gingen mit ihnen keine freundschaftlichen Bindungen ein, wie man das vielleicht heute macht«, sagt der Fachmann aus Köln. »So hat man in Pompeji im Haus eines Tragödiendichters auf einem Mosaik diese Darstellung eines Hundes gefunden, der das Hab und Gut seines Herrchens mit weit aufgerissenem Maul und struppigem Fell verteidigt. Die Warnung ›Cave Canem‹ darunter ist unmissverständlich – der Hund wäre sicher imstande, einen Eindringling zu zerfleischen. Das will uns diese Abbildung sagen.« Jetzt schaut der Archäologe sehr selbstgerecht in die Kamera. »Da gibt es keine Debatte: Im

Gegensatz zu Katzen galten Hunde bei den Römern nicht als liebenswerte Haustiere, sondern als Jagdbestien und Wachhunde. Punkt.«

»Da behauptet Dr. Agnes Bechtholdt in ihrem berühmten Buch ›Hund und Kind‹ aber das genaue Gegenteil.«

Semas Einwand stößt bei Freddy auf großes Interesse. Er stellt den Film leiser, es läuft jetzt sowieso der Abspann. »Du kennst Professor Bechtholdts Buch?«

Sema ist unglaublich belesen, und Laura traut ihr zu, dass sie sich das Buch per Fernleihe in der Stadtbibliothek bestellt und in einem Rutsch durchgelesen hat.

»Tja. Ich habe es gerade mal überflogen. Frau Dr. Bechtholdt stellt darin die These auf, dass es im alten Rom sehr enge Freundschaften zwischen Hunden und Kindern gab. Man gab den Tieren sogar liebevolle Namen wie Aello, also Wirbelwind, oder auch Ferox, der Wilde. Bechtholdt ist weltweit anerkannte Spezialistin für dieses Thema. Nur hier in Köln meidet man sie wohl gerne, weil ihre Meinung die bisherige Forschung komplett auf den Kopf stellt. Wie man ja an dem Leister hier sieht, fanden das viele nicht besonders lustig.«

»Punkt«, lacht Freddy. »Stimmt, das klang schon ein wenig trotzig!«

Da hören die Kinder die Haustür schlagen.

»Oh, mein Vater kommt nach Hause.« Freddy wirft einen kurzen Blick auf die Uhr.

»Passt ja perfekt, der Film ist auch zu Ende.« Kevin springt auf. Er hat es plötzlich ganz eilig.

Freddy nickt traurig. Ihm hat die nette Film-Runde mal richtig gutgetan. Er holt die DVD aus dem Gerät und steckt sie wieder in die Hülle zurück. Nicht nur schlau, sondern auch ordentlich ist er, der Gute. Laura muss zugeben, dass er – trotz seiner vielen Einsen in allen Fächern und seinem nervigen Schlaubergertum, das sofort einsetzt, sobald ein Lehrer in Sichtweite ist – doch ein ganz netter Kerl ist.

»Kommt dein Vater immer so spät heim?«, fragt Sema ein

bisschen zu neugierig. Auch sie ist schon im Begriff, ihre Jacke anzuziehen.

Lauras Blick fällt auf die Schüssel mit den ekligen Chips, die verständlicherweise kaum einer angerührt hat. Reiche Leute haben seltsame Geschmäcker, findet sie.

»Immer öfter«, sagt Freddy und zuckt die Schultern. »Ist eben nicht so einfach, Chef zu sein. Und zurzeit läuft da wohl so einiges schief …«

Kevin rollt die Augen. Jammern auf hohem Niveau, mag er denken. Sein Vater ist nämlich schon lange arbeitslos. Und das, obwohl er mal ein richtig guter Erfinder gewesen sein soll. »So, Leute. Das war spannend. Aber ich für meinen Teil muss jetzt los. In die Heia.«

Sema und Laura schließen sich Kevin an.

»War toll mit euch.« Dabei schaut Freddy Laura an. Dann fügt er hinzu: »Vielleicht besucht ihr mich mal während meines Praktikums im Römisch-Germanischen Museum? Die haben ja jetzt 'ne Menge mit dem Sensationsfund am Gereonswall zu tun. Das wird sicher megaspannend.«

Laura wirft Sema einen bedeutungsvollen Blick zu. Durch Freddys Beziehungen könnten sie sicher unauffällig mehr über das Römergrab auf der Baustelle herausfinden. Sozusagen aus erster Quelle.

»Klar kommen wir vorbei. Das lassen wir uns nicht entgehen«, sagt Kevin begeistert. Doch dann verdüstert sich seine Miene schlagartig. »Das heißt, ich bin ja ab übermorgen raus. Ich habe nämlich einen Platz in einem echt begehrten Tenniscamp …«

»Ja, klar!«, lacht Sema und legt den Arm um den großen, dünnen Kerl. Solange die Ermittlungen andauern, werden sie gemeinsam alles dafür tun, den Fall zu lösen, so viel steht fest. Notfalls würde sie für Kevin anrufen und ihn beim Tennis abmelden.

»Sehr gerne«, sagt jetzt auch Laura. »Wir kommen vorbei. Vielleicht ja schon morgen!«

Freddy lächelt selig. Als sie sich auf den Weg durch das riesige

Wohnzimmer in Richtung Ausgang machen, brabbelt er immer wieder etwas vor sich hin. Klingt wie »coole Sache« und »echte Freunde«.

Lauras Blick fällt auf Marisa, die sich wieder auf den Sessel zurückgezogen hat. Als das Mädchen Laura sieht, macht sie mit zwei Fingern das Teufelszeichen und streckt die Zunge raus. Sie hat ein Piercing in der Zunge und schwarz bemalte Fingernägel. Was für eine seltsame Person, findet Laura.

Im Hintergrund dudelt Dark-Metal-Musik. Sind das etwa die Monsters of Dogs? Die sind ihr jetzt heute schon zum zweiten Mal begegnet.

22.15 Uhr, Gereonswall

Laura hat es sich nach einer warmen Dusche in ihrem Zimmer richtig gemütlich gemacht. Sie hat sich eine Kerze angezündet und die kleinen Lämpchen über dem Bett angeknipst. Endlich Ruhe. Endlich mal ganz für mich allein sein, denkt sie, nachdem sie ihre Freunde im Chat noch über ihre Begegnung mit Michi informiert hat.

Eigentlich der perfekte Zeitpunkt, um kurz noch einen Blick in diese geheimnisvolle Fotokiste zu werfen, die sie auf dem Speicher gefunden hat. Doch gerade, als sie den Schatz aus dem Rucksack holen möchte, klopft es an der Tür. Laura erschrickt regelrecht, so als habe sie etwas Verbotenes getan. »Ja?«

»Darf ich reinkommen?« Renate Pauli steht im Schlafanzug in der Tür. Barfuß. Mit zerzausten Haaren. Wie ein kleines Mädchen, denkt Laura gerührt. Wie ihre Mutter wohl früher ausgesehen haben mag – als sie noch klein und hellblond gewesen war?

»Klar, Mama.« Laura setzt sich aufrecht hin. Sie freut sich über diesen Besuch, wirklich. Aber irgendetwas hält sie davon ab, die Mutter nach den Fotos vom Speicher zu fragen. Irgendein

Gefühl sagt ihr, dass es kein Zufall ist, dass diese Umzugskisten dort verstaut wurden, wo sie keiner suchen würde.

»Wir sind ein bisschen ratlos wegen deiner kleinen Schwester«, beginnt Renate Pauli. »Sie verhält sich seit gestern irgendwie seltsam. Vielleicht ist dir das auch schon aufgefallen?«

Laura zuckt mit den Schultern. Wenn sie es sich genau überlegt, hat sie die Kleine in den letzten vierundzwanzig Stunden ja kaum gesehen. »Was ist mit ihr? Ist sie krank?«

»Na ja, eigentlich nicht. Sie ist topfit. Aber …«, die Mutter zögert kurz, »sie bellt nur noch.«

»Sie tut was?«

»Sie bellt.«

Laura kann sich kaum zurückhalten, nicht laut loszuprusten.

»Und nicht nur das. Sie krabbelt durch die Wohnung, hebt Beinchen, als würde sie an den Türrahmen pinkeln wollen. Sie scharrt an den Schränken und hechelt, wenn sie Hunger hat. Wenn sie traurig ist, winselt sie, und heute Mittag hat sie sich nach dem Essen mit der Zunge die ganze Hand abgeleckt.«

»Vielleicht wünscht sie sich einen Hund?« Laura fällt gerade nichts Schlaueres ein. Sie weiß natürlich, warum sich Systra so seltsam verhält. Sie hat sich all das bei Conchita abgeguckt.

»Hm.« Die Mutter macht einen wirklich nachdenklichen Eindruck. »Und weißt du, was auch komisch ist? Als ich heute auf dem Speicher die Wäsche abhängen wollte, habe ich nicht nur einen Hundenapf, sondern auch einen pinken Koffer mit Hundegeschirr und -futter gefunden. Seltsam, nicht wahr?«

Ob sie etwas ahnt? Es scheint jetzt wirklich an der Zeit, mit offenen Karten zu spielen. Laura will nicht, dass sich ihre Eltern unnötig Sorgen machen. Und letztlich kann sie ja nichts dafür, dass die »Tussi vom Eigelstein« den Hund vor ihrer Tür abgesetzt hat.

»Mama …« Laura weiß dennoch nicht so recht, wie sie ihr Geständnis beginnen soll. »Ich …«

Aber Renate Pauli gähnt und sagt dann: »Danke, dass du mir zugehört hast. Manchmal muss man sich einfach mal ausquatschen.« Sie streichelt zärtlich Lauras Hand. »Jetzt ist wirklich Zeit für eine Reise ins Land der Träume, meine Süße. Ich wünsche dir eine gute Nacht.« Ein flüchtiger Kuss auf die Stirn der Tochter besiegelt ihre Worte.

Laura ist ratlos. Wie soll sie jemals die Wahrheit über Conchita mitteilen, wenn sie immer unterbrochen wird? Jetzt ist der ganze Mut schon wieder vorbei. Die Mutter deckt Laura bis zum Kinn zu, so, wie sie es früher immer gemacht hat. Dann pustet sie die Kerze auf dem Nachttisch aus. Sofort riecht es nach Wachs und Docht und Feuer. Laura liebt dieses Geruchsgemisch, vielleicht, weil es sie an Weihnachten erinnert.

»In zehn Wochen ist Weihnachten«, murmelt sie.

»Stimmt«, lacht Renate Pauli. »Bald Zeit, eine Wunschliste zu schreiben.«

»Am allermeisten wünsche ich mir einen Hund«, sagt Laura im Halbschlaf. »Einen kleinen Pudel …«

Doch da ist die Mutter bereits aus der Tür.

Sonntag, 9. Oktober

9 Uhr, Gereonswall

Laura liebt Sonntage über alles, vor allem, weil sie dann ausschlafen kann. Noch besser sind Sonntage mit zwei Wochen Ferien hintendran. Himmlisch!

Doch heute wird Laura von einem lauten, hektischen Gebell wach, das eindeutig nicht von der Straße heraufdringt, sondern aus der Küche zu kommen scheint. Systra? Ein bisschen übertreibt die Kleine es ja schon.

Noch mit geschlossenen Augen ertastet Laura ihr Smartphone auf dem Nachttisch und schielt mit einem Auge auf die Uhr: erst neun! Viel zu früh für einen Sonntag, stöhnt sie innerlich.

Erst auf den zweiten Blick registriert sie, dass auf ihrem Handy in den frühen Morgenstunden bereits mehrere Nachrichten eingegangen sind. Von Wladi. Von Kevin. Und natürlich von Sema. Was ist mit denen los? Warum sind die denn auch schon wach? Ach ja … Jetzt kommen die Erinnerungen langsam in ihren noch müden Kopf zurückgekrochen und lassen sie plötzlich hellwach werden: Die Bolzplatzbande hat einen neuen Fall!

Noch einmal klaubt sie die Ereignisse der letzten Tage zusammen: Es hat einen Einbruch in Bolles Werkstatt gegeben. Die Einbrecher haben einen mysteriösen Spruch an der Wand hinterlassen. Bolle ist verschwunden, ohne Bescheid zu sagen, wohin. Er hat sich vorher richtig schick gemacht und seinen Reisepass mitgenommen. Zeitgleich wird zufällig auf seiner Baustelle ein römisches Hundegrab ausgehoben.

Was Michi Mense wohl damit gemeint hat, dass der Hund verschwunden ist? Davon haben sie nämlich im Fernsehen nichts gesagt.

Ob da vielleicht was Wahres dran ist, dass der Geist von einem toten Hund einen Straßenkehrer in Luft auflösen kann, nur weil dieser seine Grabesruhe gestört hat? Laura glaubt eigentlich nicht an einen solchen Quatsch.

Sie starrt auf das Display des Smartphones.

Sema:
Um 15 Uhr Besprechung bei Onkel Göksen. Es gibt Neuigkeiten!

Kevin:
Gibt es Döner für alle? ☺

Sema:
Auch ☺

Wladi:
Leute, bin gerade in Muckibude. Fitness-Studio. Amsterdamer Straße.

Kevin:
Hä?

Wladi:
Habe verfolgt Michi Mense. Macht seit einer Stunde Krafttraining.

Kevin:
Du etwa auch?

Wladi:
Nö.

Kevin:
Lass dich nicht erwischen.

Wladi:
☺

Stimmt, jeder hat ja von Sema einen Auftrag bekommen: Wladi wollte sich eigentlich gemeinsam mit ihr auf die Suche nach Ralle machen, Bolles obdachlosem Freund. Stattdessen hat er sich offenbar schon in den frühen Morgenstunden an die Fersen von Michi Mense geheftet. Sicher hatte er ihn zufällig im Treppenhaus getroffen, die beiden wohnen nämlich im selben Wohnblock am Neusser Wall.

Kevin und Sema dagegen haben sich vorgenommen, sich auf der Baustelle umzuschauen. Auch wenn heute Sonntag ist, hoffen sie, herauszufinden, wie der Bauleiter heißt und wo er zu erreichen ist. Sie müssen mit ihm sprechen. Dringend.

Laura streckt sich noch mal so richtig genüsslich aus. Der Kaffeeduft, der von draußen hereinwabert, lässt darauf schließen, dass der Rest der Familie schon um dem großen runden Esszimmertisch Platz genommen hat. Sie aber will gerade mal ganz für sich sein. Nur ein paar Minuten. Sie weiß, solange alle denken, dass sie noch schläft, wird sie hier niemand stören. Ausschlafen ist in der Familie Pauli heilig. Systra ist die Einzige, die das nicht respektiert.

Sie holt jetzt den Schuhkarton aus dem Rucksack und setzt sich mit der Kiste im Schneidersitz auf ihr Bett. Ein leichter Modergeruch breitet sich aus, typisch für Dinge, die lange Zeit im Keller oder auf dem Speicher gelagert wurden.

Behutsam nimmt Laura die verblichenen Fotos in die Hand, die ganz obenauf liegen. Das bin ich!, denkt sie gerührt. Seltsam, dass sie diese Babyfotos von sich gar nicht kennt. Auf allen lächelt sie mit ihren süßen blonden Löckchen fröhlich in die Kamera, auf fast allen Fotos ist eine wunderschöne junge Frau abgebildet, die Laura nicht kennt.

Ein Foto betrachtet sie besonders lange, weil ihr der Mann mit Vollbart und langen Haaren irgendwie bekannt vorkommt. Er hält die hübsche fremde Frau liebevoll im Arm. Wer sind nur die beiden Unbekannten? Und warum sind sie mit ihr auf Ausflügen unterwegs gewesen? Am Strand, im Zoo und auf dem Spielplatz am Fort X.

Auf der Rückseite eines Bildes steht: »Lauras erstes Weihnachtsfest«. Auf dem nächsten: »Lotte und Laura«. Ob damit etwa Tante Lotte gemeint ist, die ihr auf den Fotos wie aus dem

Gesicht geschnitten ähnlich sieht? Die Schwester ihrer Mutter ist – soweit Laura weiß – jung bei einem Autounfall verstorben, jedenfalls hat das Oma mal erzählt. Sie selbst hat keine Erinnerungen an die Tante und ihren Mann Ole. Ihre Eltern reden ungern über sie, zu tief sitzt bis heute der Schmerz über diesen Verlust.

Ob das ein Zufall ist, dass ihre Eltern ausgerechnet die Fotos der verstorbenen Tante in der Kiste gelassen haben? So als könnte man etwas ungeschehen machen, indem man es verpackt und nicht mehr daran denkt?

Nachdenklich stopft Laura alles in den Karton zurück und schiebt ihn weit hinten unter das Bett. Sie hat offenbar als Kleinkind eine ganz besondere Beziehung zu der verstorbenen Tante gehabt. Ein Herz und eine Seele, sagt man doch. Jedenfalls zeigen die Fotos irgendwie eine große Innigkeit.

Irgendwann wird es sich sicher mal ergeben, die Eltern darauf anzusprechen. Dieser Onkel Ole jedenfalls, so erinnert sie sich, ist nach dem Tod seiner Frau ins Ausland verzogen. Spannende Familiengeschichten, die da auf sie warten.

Eine Stunde später mischt sich der Klingelton des Telefons in die Stille. Systra knurrt draußen am Frühstückstisch wie ein ausgewachsener Dobermann. Laura hört, wie die Mutter den Hörer im Flur abnimmt, sie sagt freundlich: »Ja? Pauli?«

Wer ruft denn da über das normale Telefon an, am Sonntagmorgen? Ihre Freunde können es nicht sein, denn die nutzen nur noch Smartphone und Mail. Papas Freunde schlafen alle lange. Und die Oma ruft nie an, sie lässt sich lieber anrufen. Festnetz-Telefonieren ist sowieso nur was für Erwachsene. Wenn überhaupt.

»Ach, das macht doch nichts«, flötet Renate Pauli jetzt in den Hörer. »Wie kann ich Ihnen weiterhelfen?«

Laura macht die Tür einen Spaltbreit auf, um besser hören zu können. Immer, wenn sie mit ihren Freunden in einem neuen Fall ermittelt, ist sie etwas angespannt.

»Das habe ich doch gerne getan.« Ihre Mutter kichert verlegen. »Ich hoffe, Ihrem Arm geht es wieder besser? ... Gebrochen? Das tut mir leid!«

Gebrochener Arm? Jetzt steht Laura senkrecht im Bett. Das kann nur Margit Troisdorf sein. Sie beeilt sich, rüber in die Küche zu gehen. Die Mutter winkt ihr zu und zeigt auf den Hörer. Mit dem Mund formt sie ganz deutlich das Wort »Troisdorf«.

»Einen Hund? Nein, haben wir nicht«, sagt Renate Pauli jetzt, und Laura merkt, wie ihr das Blut aus dem Gesicht weicht. Jetzt fliegt die ganze Sache auf. Ohne dass sie vorher die Chance bekommt, etwas zu erklären.

»Ja, verstehe. Ich habe keine Ahnung von Haustieren. Aber meine Tochter kennt sich damit gut aus. Kleinen Moment!«

Die Mutter muss Laura gar nicht rufen. Sie steht schon bereit.

Doch Renate Pauli hält zunächst mit der Hand die Hörmuschel zu. »Da ist die nette alte Dame dran, die gestern auf der Baustelle gestürzt ist. Sie wollte sich nur bei mir bedanken. Jedenfalls hat sie wohl gerade einen Ferienhund in Pflege und ein paar Fragen. Bitte sei so lieb und sprich mal mit ihr. Sie ist nett, nur ein bisschen ...« Die Mutter zeigt mit einer ziemlich eindeutigen Geste, dass sie diese Frau Troisdorf nicht für ganz zurechnungsfähig hält.

Laura nimmt ohne mit der Wimper zu zucken den Hörer an sich. »Ja, hallo?«

Maggi ist ganz aufgebracht. »Laura, Conchita macht keinen guten Eindruck. Sie hat ziemlich viele von diesen Hundeflocken gegessen, die du ihr gestern mitgebracht hast, und seitdem rumort es in ihrem Magen!«

»Oh nein, die Arme!« Laura überlegt angestrengt, was Conchitas Bauchschmerzen verursacht haben kann. Die Hundeflocken hatte sie gestern noch aus dem pinken Koffer genommen, die waren doch für den kleinen Hund bestimmt. »Was steht denn auf der Packung drauf, Maggi?«

»Moment.« Laura hört, wie die alte Dame mit ihrem Rollator durch die ganze Wohnung fährt. Vermutlich ist die Tüte schon im Mülleimer gelandet. Dann hört sie ein Rascheln und Maggis

Stimme: »Seltsam. Da steht gar nichts von Hundeflocken. Du hast eine Tüte extrascharfe Peperoni-Chips hiergelassen. Kein Wunder, dass die Kleine das nicht vertragen hat.«

Laura kann es gar nicht fassen. Sie hat gestern Abend offenbar die beiden Tüten verwechselt und Maggi und Freddy jeweils die falsche in die Hand gedrückt. Deshalb haben auch die Chips bei Freddy wie Hundefutter geschmeckt – natürlich!

Sie verspricht Maggi, sofort vorbeizukommen und nach dem Hündchen zu sehen.

Zur großen Besprechung um fünfzehn Uhr kann Maggi leider nicht kommen, wie sie sagt, denn heute ist das Treffen der Karnevalsgesellschaft »De löstige Rollatore«, bei der sie im Präsidium sitzt und zu der sie den Hund nicht mitnehmen kann. Conchita würde dann endlich wieder Zeit mit Laura verbringen können. Und sie würde die Kleine gesund pflegen müssen.

Laura sitzt auf heißen Kohlen. Sie beschließt, sich das Frühstück heute zu schenken. Auch wenn ihre Eltern davon nicht begeistert sein werden, sie hat eben gerade Besseres zu tun, als sich den Bauch vollzuschlagen. Möglichst unauffällig schleicht sie sich nach einer Höflichkeitsminute am Frühstückstisch in ihr Zimmer, um sich anzuziehen.

Ob sie wieder ein bisschen Wimperntusche auftragen soll? Gestern scheint ihr neuer Look ja niemandem aufgefallen zu sein. Noch nicht mal Sema hat ein Wort darüber verloren.

11.30 Uhr, Zoobrücke

Der Weg zur Zoobrücke führt Laura und Conchita an unzähligen Familien vorbei, die die Riehler Straße entlangpilgern, um am ersten Feriensonntag den Kölner Zoo zu besichtigen. Vor den Kassen stehen schon lange Schlangen, Kinder quengeln, weil sie einen bunten Luftballon mit Gas haben wollen, und manchmal hört man von weither ein tierisches Geräusch aus den Gehegen.

Elefantengebrüll, das Röhren der Seehunde, Vogelzwitschern. Laura bekommt richtig Lust, auch mal wieder eine Runde durch den Zoo zu drehen und sich die unterschiedlichsten Tiere anzuschauen. Wenn das hier alles vorbei ist, wird sie sich mal wieder eine Tageskarte gönnen und die kleine Systra mitnehmen. Die wird sicher ganz aus dem Häuschen sein.

Conchita zieht Laura an der langen Leine ein paar Meter weiter, vorbei an dem Eingang zur Seilbahn. Laura hält überall unter der Brücke Ausschau nach Ralle, denn er hat auf derselben Baustelle gejobbt wie Bolle. Wenn dort etwas vorgefallen ist, kann es sein, dass er davon weiß.

Meistens richtet sich Ralle für mehrere Nächte ein Lager an einem festen Platz ein. Eine Brücke eignet sich dafür besonders gut, hat er den Kindern mal erklärt, weil sie ihn vor Regen schützt und auch vor neugierigen Blicken. Doch heute ist dieser Platz wie leer gefegt. Kein Kissen, keine Pappe, keine alte Matratze. Er ist wohl lange nicht hier gewesen.

»Ich weiß noch einen Platz, wo Ralle sich oft aufhält. Unter der Trasse an der Station Neusser Straße/Gürtel. Dort, wo der Wanderzirkus immer Station macht. Lass uns dort mal schauen«, überlegt Laura laut.

Conchita quittiert den Vorschlag mit einem erfreuten Schwanzwedeln. Endlich ist mal wieder was los, will sie sicher sagen. Ihr scheint es zum Glück besser zu gehen.

12.30 Uhr, Neusser Straße/Gürtel

Laura kennt den gleichaltrigen Mirko vom Wanderzirkus Charles Malin noch aus alten Zeiten: Die Bolzplatzbande hat dem Jungen und seiner Familie vor einem Jahr geholfen, das verschwundene Elefantenbaby Rahidan wiederzufinden – die Hauptattraktion des Kölner Zirkus.

Mirko winkt schon von Weitem, als er Laura sieht. Dann zeigt er verwundert auf den Pudel an ihrer Seite. »Bist du auf den Hund gekommen?«

»Ha, ha.« Laura überkommt ein ganz warmes Gefühl, sie mag Mirko nämlich richtig gern. »Der gehört nicht mir. Aber das ist eine lange Geschichte.«

Die beiden begrüßen sich wie Kumpels, einmal die Fäuste aufeinander, dann die Ellbogen zusammen und dann die flache Hand: *give me five.* Doch dann folgt noch eine lange und herzliche Umarmung.

»Ich brauche deine Hilfe, Mirko. Ich bin auf der Suche nach Ralle. Hast du ihn in den letzten Tagen hier unter der S-Bahn oder hinten am Bauwagenplatz gesehen?«

Die Familie Malin weiß eigentlich immer, wenn sich ein Obdachloser in der Nähe aufhält. Ralle jedenfalls bekommt von den Zirkusleuten auch schon mal einen Kaffee oder eine warme Mahlzeit ausgegeben, obwohl sie selbst nicht viel haben. Arme Leute halten zusammen, sagt er immer. Jedenfalls, wenn es nette arme Leute sind.

Doch Mirko schüttelt bedauernd den Kopf. »Hier in der Gegend habe ich ihn lange nicht gesehen. Aber warte mal kurz, ich frage meinen Dad. Der ist zurzeit oft mit der Spendendose in der Innenstadt unterwegs und sieht am Tag viel mehr Leute als ich.«

Der Artist verschwindet flink wie eine Katze in dem bunten Zirkuszelt, Laura wartet mit dem Hund geduldig draußen. Stimmt ja, bald würde es wieder kalt werden und die Familie mit ihren vielen Tieren ins Winterquartier nach Pulheim ziehen. Da würden sie viel Geld für Futter benötigen, denn die Aufführungen würden seltener werden und die Einkünfte somit ausbleiben.

Nach wenigen Minuten ist klar, dass Mirkos Vater den Mann ohne Wohnsitz zuletzt an der Lohse-Rampe gesehen hat. Aber das ist schon ein paar Tage her. »Ich bin froh, wenn ich dir auch mal helfen kann«, sagt Mirko zum Abschied und verschwindet nach einer herzlichen Umarmung wieder in seinem bunten Zirkuswagen.

Bevor sich Laura auf den Weg macht, um die Unterführung zur

Lohse-Rampe anzupeilen, wirft sie noch einen kurzen Blick auf ihr Handy. Keine einzige Nachricht ist eingegangen, seit sie heute Morgen losgelaufen ist. Nichts Neues also im Fall »Römergrab«? Zum Haareraufen!

Noch während sie auf das Display starrt, vibriert es plötzlich in ihrer Hosentasche. Wie kann das denn sein? Ach ja, sie hatte ja Bolles altes Handy eingesteckt! Selbstverständlich würden es die Kinder wieder zurückgeben, sobald sie das Gerät ausgewertet hätten. Was für ein Riesenzufall, dass ausgerechnet jetzt jemand auf diesem Handy anruft!

Ohne lange nachzudenken, nimmt Laura den Anruf an – erst einmal wortlos. Sie will sich mit ihrer hellen Kinderstimme nicht verraten.

Zum Glück merkt das der Anrufer gar nicht und platzt direkt mit seinem Anliegen heraus: »Bolle, endlich, altes Haus. Ich versuche dich seit Tagen zu erreichen. Mensch, Alter, die Polizei ist hinter dir her. Gerade war dieser Kommissar Sieberbeck hier und hat mich ausgefragt, wegen dem Security-Job und so. Hast du in meinem Namen Scheiße gebaut oder was? Mensch, Alter, sag doch auch mal was!«

Eindeutig Ralles Stimme. Laura hat ihn sofort erkannt. Wenn Ralle heute bei Bolle anruft, dann kann er ja nichts von dem Verschwinden seines Freundes wissen. So viel ist klar!

Laura nimmt all ihren Mut zusammen, räuspert sich und sagt dann: »Hallo, Ralle, hier spricht Laura. Ich glaube, wir sollten uns mal unterhalten. Kann nämlich sein, dass Bolle in großer Gefahr ist.«

Dass er einen XXL-Döner-Teller gratis bekommen soll, lässt sich Ralle nicht zweimal sagen. Für Laura ist es also ein Leichtes, den Obdachlosen um fünfzehn Uhr zum Imbiss von Onkel Göksen zu bestellen, wo sie ja sowieso mit dem Rest der Bande verabredet ist.

15 Uhr, Döner-Imbiss, Melchiorstraße

Wladi, Kevin und Sema sitzen bei Onkel Göksen schon in der Küche um den großen Tisch herum, als Laura mit ihrem Ferienhund den Imbiss betritt. Der kleine Laden gegenüber der Alten Feuerwache ist immer extrem gut besucht, so auch heute. Gut, dass sich der Stammtisch der Detektive in der Küche befindet.

»Hallo, Laura, dasselbe wie immer?«, ruft ihr Göksen zu.

»*Same procedure as every year, James*«, macht Laura ihren Standardwitz in Anspielung auf ihre Lieblings-Silvestersendung, die sie auf Englisch, Kölsch und auf Hochdeutsch über alles liebt. Die englische Originalversion aber ist immer noch die beste! Findet übrigens auch Lauras Englischlehrerin, da sind sie sich ausnahmsweise mal einig. »Ja, das Gleiche wie immer! Bitte!«

Kaum in der Küche, lässt sich Laura neben Sema plumpsen, Conchita verkrümelt sich gleich unter den Tisch. Ihre Bauchschmerzen sind offenbar ganz verschwunden. Auch Ralle taucht tatsächlich – frisch rasiert – aus der Herrentoilette auf. Jetzt ist die Besprechungsrunde endlich komplett.

Ralle setzt sich neben Wladi, springt dann aber entsetzt auf. »Boah, hier riecht es nach so einem richtig fiesen Scheuermittel. Oder Mottenkugeln. Oder beidem zusammen. Riecht ihr das auch? Da vergeht einem ja der Appetit.«

Zuerst wird Wladi knallrot, weil er weiß, dass er gemeint ist. Doch sofort holt er aus, um sich zu rächen. »Stimmt.« Er schnuppert demonstrativ in der Luft herum. »Oja, ich auch was riechen. Übelster Stink von Straße!«

»Sehr witzig«, sagt Bolles alter Freund und spielt kurz den Beleidigten. »Ich für meinen Teil habe heute Morgen noch in der Überlebensstation Gulliver geduscht! Im Gegensatz zu dir rieche ich frisch wie ein Pfirsich.«

»Setz dich einfach hier rüber, Ralle«, schlägt Sema vor. Sie möchte immer Streitereien verhindern, weil die niemanden weiterbringen, wie sie für gewöhnlich sagt.

Laura hat das sofort kapiert. Ralle ist ein wichtiger Zeuge, und sie dürfen ihn nun wirklich nicht verprellen. Doch der alte Mann ist offenbar nicht nachtragend. Möglich auch, dass er solche Beschimpfungen gewöhnt ist, obwohl er sehr reinlich ist.

Wladi bedauert, dass er Michi Mense heute Morgen nach dem Training im Fitness-Studio aus den Augen verloren hat. Sema und Kevin sind noch nicht dazu gekommen, zur Baustelle zu gehen, da sie mit ihren Familien unterwegs waren. »Ich bin tierisch neugierig, Leute, was da in den letzten Tagen auf der Baustelle abgegangen ist. Seit Mittwoch bin ich raus, Bolle hat an dem Abend meinen Nachtdienst übernommen, seitdem hab ich nix mehr von ihm gehört.« Ralle nimmt sich einen Ayran aus dem Kühlschrank und leert ihn in einem Zug.

»Ich dachte, die Sache läuft. Und dann taucht heute dieser Polizist auf und behauptet, Bolle hätte was von der Baustelle mitgehen lassen. Das kann ich gar nicht glauben. Er hat noch nie was gestohlen. Der Kommissar hat auch nicht mal angedeutet, was es denn gewesen sein soll. Wisst ihr vielleicht mehr darüber?«

Man merkt, dass Ralle keinen Fernsehapparat und kein Radio besitzt, denn inzwischen weiß ganz Köln über die Baustelle am Gereonswall und das verschwundene Hundeskelett Bescheid.

Kevin nippt an seiner Cola und beantwortet die Frage in einem übertrieben sachlichen Ton. »Man vermisst auf der Baustelle … einen Hund. Genauer: einen toten Hund!«

»Wie bitte?« Als der zweite Ayran in Ralles Bauch landet, schielt Laura besorgt zu Göksen hinüber, der gerade fünf gut gefüllte Döner-Teller zubereitet. Eigentlich unterstützt Semas Onkel die Detektivarbeit der Kinder immer gern, indem er ihnen freie Kost und den Besprechungstisch in seiner Küche zur Verfügung stellt. Dass sie aber noch extrem hungrige Gäste mitbringen, die sich auf der Toilette rasieren und den Ayran-Vorrat leer trinken, das ist eigentlich so nicht abgesprochen gewesen.

Laura fasst die Ermittlungen kurz zusammen, denn Ralle hat ja bislang gar nichts von dem Fall »Römergrab« mitbekommen.

»Wir wussten nicht, dass du gar nicht mehr auf der Baustelle arbeitest. Schade, sonst hättest du uns vielleicht weiterhelfen können«, sagt sie zum Schluss.

Ralle staunt nicht schlecht, dass man ausgerechnet auf seiner ehemaligen Baustelle ein echtes römisches Hundegrab ausgehoben hat. »Hammer, Leute! Und ich Depp gebe ausgerechnet einen Tag vorher so einen coolen Job auf und verpasse wieder das Beste!«

Ralle scheint es immer noch nicht so ganz ernst zu nehmen, dass die Sache um Bolle nicht wirklich gut steht. Das Ganze hier ist kein lustiges Abenteuer.

»Wir glauben, dass Bolle irgendetwas mit dem Fund des Hundeskeletts zu tun hat. Wir wissen nur noch nicht, was. Michi Mense hat so eine Andeutung gemacht, dass Bolle die Totenruhe des Hundes gestört hat und er deshalb verflucht sei oder so was. Was er damit meint …«, Laura zuckt mit den Schultern, »wir wissen es nicht.«

»Ihr meint doch nicht etwa, er hätte das Hundeskelett eigenhändig ausgebuddelt? Unser Bolislav?« Ralle brüllt vor Lachen laut los, sodass es locker bis nach vorne in die Wirtsstube schallt. Es dauert eine ganze Weile, bis er sich wieder gefangen hat. »Und deswegen hat dieser Kommissar mir die Ehre erwiesen? Wegen einem Haufen alter Hundeknochen? Das ist ja der beste Witz seit Langem!«

Göksen serviert jetzt in seiner ruhigen und unaufdringlichen Art nach und nach das Essen an den Tisch. Seine Döner sind die besten der Stadt, heißt es. Der Trick ist, dass er sie nicht mit Krautsalat zubereitet, sondern mit einer Spezialpaste nach einem Rezept seiner Mutter Özlem.

Kurz tritt Schweigen ein, weil alle einen großen ersten Bissen nehmen. Zufriedenes Schmatzen folgt. Bei Wladi und Ralle fällt es lauter aus, bei den anderen etwas leiser. Sema ist die Erste, die etwas sagen kann. »Cool, vielen Dank, Lieblingsonkel!«

»Warum follte er fo was tun?« Mit vollem Mund rätselt Ralle jetzt an den gleichen Fragen herum wie die Bolzplatzbande seit zwei Tagen.

»Wie wir von Maggi wissen, braucht Bolle Geld. Das könnte ein Motiv für einen Diebstahl sein. Das Grab war voller wertvoller Beigaben – Schmuck und Geschirr«, denkt Sema laut.

Sie schiebt den Teller mit dem Essen beiseite, dabei ist gerade sie der größte Döner-Fan aller Zeiten. Diesmal hat sie nur zweimal reingebissen. Heimlich lässt Laura ein bisschen von dem übrig gebliebenen Fleisch unter den Tisch fallen. Kurz darauf hört sie Conchitas lautes Schmatzen.

»Ey, Leute. Ihr seid auf dem Holzpfad. Bolle braucht Geld, klar. Deshalb habe ich ihm auch meinen Job überlassen, das hättet ihr doch auch getan. Schließlich heiratet man ja nur ein Mal im Leben. Und er ist eben mein bester Freund!«

Das Schmatzen hört auf. Alle starren Ralle jetzt an.

»Bolle will heiraten? Dafür braucht er das Geld?« Plötzlich fällt es Laura wie Schuppen von den Augen: die fremde Handynummer, die immer wieder in Bolles Anrufliste im Handy aufgetaucht ist. Die vielen Nächte, die er in letzter Zeit außer Haus verbracht hat. Der schicke Anzug und dann der Reisepass. Alles spricht dafür, dass er eine neue Freundin hat, mit der gerade unterwegs in die Flitterwochen ist, während sich Maggi zu Hause vor Sehnsucht und Sorge grämt. Verrückt, echt verrückt.

»Wer ist denn die Glückliche?« Sema kann ihren Ärger kaum verbergen, sie denkt offenbar das Gleiche.

Ralle ist der Einzige, dem es noch zu schmecken scheint. Sein Döner ist jetzt ratzeputz aufgegessen, und er scheint sich nach mehr umzuschauen. »Na, Maggi. Sie ist doch seine große Liebe, die er nach mehr als fünfzig Jahren wiedergetroffen hat. Er wollte sie mit einem Heiratsantrag überraschen. Die Idee war, mit ihr am Donnerstag eine Rheinfahrt zu machen, und beim Essen sollte dann einer mit der Geige romantische Lieder spielen. Für diesen Plan hat er seit Monaten geschuftet und die unterschiedlichsten Jobs angenommen. Tag und Nacht!«

Laura ist jetzt sehr erleichtert. Und sie schämt sich für ihre Gedanken von eben. Beinahe hätte sie dem alten Straßenkehrer eine neue Freundin angedichtet. Genauso hat sie schon insgeheim darüber nachgedacht, dass Bolle vielleicht tatsächlich das römische Grab ausgeraubt haben könnte. Totaler Blödsinn. Bolle ist doch der ehrlichste Mensch, der ihr je begegnet ist. »Puh. Da bin ich aber froh!«

»Was dachtet ihr denn?« Ralle grinst schief.

»Und diese unbekannte Handynummer? Bolle muss schon vor seinem Verschwinden immer wieder mit einer Person telefoniert haben, die wiederum auch bei ihm angerufen hat.« Laura hat diese Nummer vom Display abgeschrieben und schiebt den kleinen Zettel den anderen vor die Nase. »Diese Nummer hat er auch in der Nacht als Letzte angerufen, da muss er schon von dem Hundeskelett gewusst haben.«

Ralle hat inzwischen Baklava auf der Anrichte entdeckt und schichtet einige der süßen Teilchen auf seinem Teller auf, sodass ein bunter, klebriger Gebäckturm entsteht. »Na, dann rufen wir doch einfach mal mit unterdrückter Nummer dort an. Dann werden wir schon sehen, wer sich meldet.«

Laura hat sich den Spruch auf der fremden Mailbox nun schon dreimal angehört. Die Frauenstimme kommt ihr unglaublich bekannt vor. Aber sie kommt nicht darauf, wo sie sie schon einmal gehört hat. Auch der Name ist irgendwo schon mal aufgetaucht … Sie denkt angestrengt nach, während sie die Teller übereinanderstapelt und auf die Spüle stellt. Göksen kann jede Unterstützung in der Küche gebrauchen. Er stemmt den Laden heute ganz allein.

Nachdem auch Wladi und Kevin die Nummer noch mal von Bolles Handy aus angerufen haben, um sich die Stimme anzuhören, geben sie das Smartphone an Sema.

Wladi ist ganz blass geworden. »Unglaublich!«

»Das ist ja kaum zu fassen«, murmelt Kevin.

»Wieso? Kennst du die Frau?« Sema platzt vor Neugier.

»Na ja, kennen ist zu viel gesagt. Ich würde sagen, wir haben hier eine echt heiße Spur, Sema.« Kevin hält ihr das Handy jetzt ans Ohr.

Laura kennt den Text, den Sema jetzt hört, schon auswendig:

»Hier ist die Mailbox von Agnes Bechtholdt. Sie erwischen mich unterwegs, ich kann nicht rangehen. Bitte hinterlassen Sie eine Nachricht, ich rufe Sie dann gerne zurück.«

Sema legt das Handy schnell ausgeschaltet auf den Tisch. In keinem Fall möchte sie eine Nachricht auf der Mailbox der Wissenschaftlerin hinterlassen. »Das ist der Hammer.«

»Gestern haben wir noch über sie gesprochen, heute finden wir ihre Nummer auf Bolles Handy«, sagt Kevin.

»Wieso, wer ist denn die Alte? Agnes Bechtholdt. Noch nie gehört«, brüllt Ralle eine Spur zu laut.

Muss ja nicht jeder mitbekommen, was wir gerade besprechen, denkt Laura bei sich. Aber sie will den Mann nicht rügen, er hört eben schlecht und redet deswegen lauter. Da kann er ja nichts für.

»Wir haben so einen Film über das antike Rom geschaut«, klärt Sema den Obdachlosen auf. »Da wird Agnes Bechtholdt als Einzige unter allen Forschern genannt, die herausgefunden haben will, dass man auch schon im alten Rom Hunde als Haustiere gehalten hat. Die gesamte Forschung zweifelt das allerdings an. Dennoch: Sie hat mit ihrem Buch ganz schön Furore gemacht. Und zurzeit gibt es in Rom sogar einen Kongress, der sich mit diesem Thema beschäftigt. Sie ist die Star-Rednerin auf dieser Tagung! Hab ich im Internet recherchiert.«

»Woher hat Bolle Nummer von so wichtige Frau?«, rätselt Wladi.

Sema zuckt ratlos die Schultern.

»Die ganze Sache wird immer rätselhafter«, findet Laura. Sie hat gerade den Eindruck, dass sie zwar wieder ein wichtiges Puzzleteilchen gefunden, aber immer noch keine Ahnung vom großen Ganzen haben. Ach, wäre Bolle doch jetzt hier und könnte die ganze Sache aufklären, denkt sie.

Ralle steht schwerfällig auf. »Leute, ich muss los.« Er zwinkert dabei verschwörerisch. »Ah, da kommt mir doch eine tolle Idee. Ich melde mich einfach wieder als Sicherheitsmann auf der Baustelle. Bolles Stelle ist ja noch nicht wieder besetzt. Dann kann ich mich mal unter den Arbeitern unauffällig umhören. Manche

Leute erzählen lieber mir etwas als der Polizei. Ich ruf euch an, wenn ich was erfahre.«

An der Tür kommt dem alten Mann schwungvoll Onkel Göksen entgegen, der wieder einen Stapel neue Bestellungen hat. Ralle klopft ihm zum Abschied kameradschaftlich auf die Schulter. »Bester Döner in der Stadt, Mann. Danke. Respekt!« Dann verschwindet Ralle so schnell, wie er gekommen ist.

20 Uhr, Gereonswall

Die Mitglieder der Karnevalsgesellschaft »De löstige Rollatore« sind dafür bekannt, dass sie immer extrem ausführliche Besprechungen abhalten. Heute tagen sie offenbar besonders lange. Als Laura fast eine halbe Stunde vergeblich vor Maggis Tür gewartet hat, beschließt sie, Conchita mit nach Hause zu nehmen.

Es ist schon dunkel, als sie den Weg über den Eigelstein nimmt, doch mit dem Hund fühlt sie sich sicher. Sie muss an Ralle denken, der sich jetzt bestimmt auf dem Lüftungsschacht vor irgendeinem Kaufhaus niedergelassen hat.

Die schrille Frauenstimme auf der Mailbox geht ihr nicht mehr aus dem Kopf. Vermutlich täuscht sie sich. Woher sollte sie die Stimme von Professor Agnes Bechtholdt kennen? Aus dem Fernsehen?

Je weiter sich Laura vom Eigelstein entfernt, desto dunkler erscheint ihr der Weg. Einige Straßenlaternen sind schon wieder ausgefallen, und die Kraft des Mondes reicht heute nicht zum Leuchten. Laura ist froh, als ihr Haus endlich am Ende der Straße sichtbar wird. Sie sieht schon von Weitem, dass in der Wohnung Licht brennt.

Die Vorstellung, ein Zuhause zu haben mit Menschen, die dort auf sie warten, rührt sie, und Laura bekommt ein ganz warmes Gefühl im Bauch. Leute wie Ralle dagegen haben so etwas nicht. Laura nimmt sich fest vor, den Eltern die Geschichte mit dem kleinen Hund heute zu erzählen. Endlich wird das Versteckspiel aufhören.

»Und dann darfst du bestimmt heute Nacht in meinem Zimmer schlafen. Darauf freue ich mich schon sehr«, plaudert das Mädchen vor sich hin. Solange sie spricht, hat sie keine Angst vor der Dunkelheit. Dennoch beschleicht sie plötzlich das Gefühl, dass irgendetwas nicht stimmt. Sie will an der Leine ziehen, um Conchita nah bei sich zu haben. Doch sie bemerkt keinerlei Widerstand.

»Conchita?« Laura wirft einen Blick nach unten. Steht plötzlich ratlos da. Mit der Leine in der Hand. Eine Leine, die hin und her baumelt. Am unteren Ende ein offenes Halsband. Der Hund fehlt. Er ist einfach verschwunden! Wie kann das denn sein?

Lauras Bauch verkrampft sich vor Sorge. Sie rennt los, in Richtung zu Hause. Dort schaut sie im Hauseingang nach, denn wenn Conchita schlau ist, ist sie einfach dorthin gelaufen. Nichts. Dann rennt sie die Strecke wieder zurück, fast bis zum Eigelsteintor, wo der steinerne »Kölsche Boor« die Stadt bewacht. Immer wieder ruft sie den Namen, immer lauter. »Conchita!«

»Ruhe da unten!«, ruft ein alter Mann aus einem der nahe stehenden Häuser in der Weidengasse.

»Conchita!«, ruft Laura, etwas leiser. Verzweifelt.

»Wurst!«, antwortet ein Junge, der ihr jetzt vom Hansaring entgegenläuft und den sie erst erkennt, als er direkt vor ihr steht. Mirko!

»Was machst du denn hier?« Laura ist unglaublich erleichtert, dass sie jetzt nicht mehr allein ist. Fast kommen ihr die Tränen, als sie sagt: »Der Hund ist abgehauen. Und er kennt sich hier nicht aus. Kannst du mir helfen, ihn zu suchen?«

»Klar!«, grinst Mirko. »Deswegen bin ich ja hier. Du hast heute Mittag so einen besorgten Eindruck gemacht, dass ich mal nach dir schauen wollte.«

Mirko holt jetzt eine Taschenlampe aus seiner Hosentasche. Der Zirkusjunge ist für jede Situation offenbar bestens ausgestattet! Gezielt leuchtet er in Hauseingänge und unter Autos.

Gemeinsam laufen sie die Straßen des Viertels ab. Während Laura auf der linken Straßenseite entlangläuft, inspiziert Mirko die rechte. Ab und zu springt mal eine Katze aus einem Versteck, weil sie sich von den Kindern gestört fühlt. Große und kleine Ratten laufen ihnen über den Weg. Einmal segelt sogar eine Fledermaus vorbei – Nachtgeschöpfe, die sich tagsüber eher verstecken.

Doch sonst sind die Straßen an diesem Sonntagabend wie ausgestorben. Klar, die Erwachsenen schauen vermutlich gerade »Tatort«, die Kinder liegen bereits in den Federn.

Als Laura und Mirko wieder am Gereonswall ankommen, ist es bereits echt spät. Da hören sie – ausgerechnet auf Höhe des Bauzauns – ein jämmerliches Winseln. Conchita!

»Das kommt von der Baustelle!«, flüstert Laura besorgt. »Sicher ist ihr etwas zugestoßen.«

»Dann nichts wie rein da. Schau mal«, Mirko zeigt auf das Gitter, das einen Spaltbreit offen steht, »irgendjemand war schon vor uns hier und hat die Tür offen gelassen!«

21.15 Uhr, Baustelle am Gereonswall

Es dauert eine ganze Weile, bis sich die beiden Kinder auf der riesigen Baustelle einigermaßen zurechtgefunden haben. Hier also wird in wenigen Monaten ein Hotel mit zweihundert Zimmern und einer Tiefgarage stehen. Laura staunt, wie tief die Baugrube ist.

Immer wieder ruft sie den Namen des kleinen Pudels. »Ich bin mir sicher, dass ich eben hier ein Winseln gehört habe.«

»Ich habe es auch gehört«, sagt Mirko und leuchtet mit seiner Taschenlampe in Richtung Container, in dem die Bauarbeiter immer ihre Mittagspausen abhalten. »Es klang gedämpft, so als wäre die Kleine irgendwo eingesperrt.« Er schaut durch das Fenster, doch drinnen scheint alles ruhig.

Lauras Blick fällt auf die Stelle, die mit einem rot-weißen Band gekennzeichnet ist. Dort befindet sich also das Römergrab.

»Ich finde das seltsam, an einem so alten Grab zu stehen«, flüstert Laura. »Vielleicht hat hier schon vor zweitausend Jahren ein Mädchen gestanden und ganz furchtbar um seinen Hund geweint.«

Ein leises Bellen dringt an ihr Ohr. »Hast du das gehört, Mirko?« Laura schaut sich um. Doch der Junge ist nirgends zu sehen. Ist der jetzt auch noch verschwunden?

Ein kalter Wind lässt sie die Jacke zuknöpfen und die Mütze über den Kopf ziehen. »Mirko? Wo bist du?« Das Hundebellen scheint wie aus fernen Zeiten herüberzuschallen. So als wollte der verstorbene Hund sagen: Lasst mein Grab in Ruhe.

Hat nicht auch Michi Mense so etwas Unheimliches gesagt? Wer die Ruhe der Toten stört, sei in Gefahr, hat er angedeutet. Und dass Bolle zuerst auch nicht daran geglaubt habe. Und doch hat sich der alte Straßenkehrer später in Luft aufgelöst. Wie spooky!

Plötzlich spürt sie etwas Kaltes um ihren Hals. Es fühlt sich an, als würden sich zwei Hände darumlegen und langsam zudrücken. Sie spürt Atem, ganz nah an ihrem rechten Ohr. Dann flüstert eine dunkle Stimme: »*Redivivus!*«

Panisch dreht sich Laura um, darauf gefasst, sich wehren oder schreien zu müssen – wenn das alles überhaupt hilft gegen Geister. Doch zu ihrer Überraschung steht nur Mirko vor ihr, der mal wieder über das ganze Gesicht grinst.

»Du bist ja leichenblass! Hast du etwa geglaubt, dass ich ein echter Geist bin?«

»Nicht lustig«, knurrt Laura stinksauer.

»Ich weiß jetzt, wo das Winseln und Bellen herkommt!« Mirko triumphiert.

Laura ist ziemlich genervt von seiner guten Laune. Während sie sich vor Angst eben fast in die Hose gemacht hat, spielt er Verstecken und foppt sie dann auch noch mit seinen blöden Späßen!

Doch jetzt schnappt sich der Junge ihre Hand und zieht sie eilig hinter sich her.

»Lass mich los, ich kann alleine laufen«, beschwert sich Laura, die immer noch sauer ist. Sie ist müde, sie will nach Hause und eigentlich auch nichts mehr mit dem ganzen Fall zu tun haben, der ihr gerade auf die Nerven geht.

Mirko bleibt vor dem Dixi-Klo stehen. Laura kennt diese blauen Plastikkabinen von einem Open-Air-Konzert, das sie letztes Jahr mit ihrer Mutter besucht hat. Hier auf der Baustelle steht es für die Bauarbeiter bereit, die auf Toilette müssen.

Von drinnen kommt ein Winseln. Das gibt es doch gar nicht! »Conchita!«, ruft Laura voller Sorge um den Hund. »Bist du da drin?«

Ganz eindeutig erkennt sie ihren Ferienhund am Winseln hinter der verschlossenen Tür. Aber wie kann sich ein Hund denn auf einer Toilette einschließen? Das ist doch vollkommen unmöglich. Es sei denn …

»Meinst du, da ist noch jemand mit ihr drin?«, flüstert Laura Mirko ins Ohr.

Er nickt. Dann sagt er siegessicher: »Wir müssen nur abwarten. Irgendwann wird der Bösewicht schon rauskommen.«

Laura und Mirko verhalten sich mucksmäuschenstill in ihrem Versteck. Schon seit zwanzig Minuten sitzen sie im Führerhaus eines kleinen Baggers und beobachten von dort die Tür der blauen Plastikkabine, die vom Licht einer Straßenlaterne beschienen wird. Derjenige, der sich mit Conchita im Dixi-Klo verschanzt hat, will offenbar sichergehen, dass die Verfolger längst weg sind. Oder warum sollte einer sonst so viel Zeit auf diesem ekligen Ort verbringen wollen?

Laura nutzt die Gelegenheit, die Nachrichten auf ihrem Handy zu checken. Sema hat vor ungefähr einer Stunde mitgeteilt, dass sie jetzt Feierabend mache. Auf der Baustelle habe sie niemanden angetroffen und auch nicht herausgefunden, wer dafür zuständig sei. Montag probiere sie es noch mal. Gute Nacht!

Außerdem hat Freddy geschrieben. Nur an sie, nicht an die anderen. Er würde sich sehr freuen, wenn sie ihn morgen im Museum besuchen komme. Er habe eine kleine Überraschung für sie. »In Liebe, Freddy« ist die Nachricht unterschrieben. Holla, der geht aber ran.

Da durchdringt ein Klicken die Stille – ganz eindeutig wird jetzt der Schließmechanismus der Tür betätigt. Laura beugt sich angespannt vor, um besser sehen zu können. Mirko zückt die Taschenlampe, lässt sie aber erst einmal ausgeschaltet.

Die Tür öffnet sich unglaublich langsam, wie in Zeitlupe, und eine ziemlich erleichterte Conchita springt heraus. Sie scheint unglaublich froh zu sein, ihre Freiheit zurückgewonnen zu haben. Dahinter taucht – ebenfalls im Schneckentempo – zur großen Überraschung der Kinder Maggi Troisdorf auf. Die alte Dame geht am Stock, torkelt und macht einen ziemlich angeschlagenen Eindruck. Oder ist sie gar betrunken?

Sie hat eine Luftschlange um den Hals und ein buntes Hütchen auf dem Kopf. »Alaaf!«, ruft sie, als sie Laura und Mirko entdeckt. Dann stimmt sie ein altes Lied von Brings an, das gerade wie die Faust aufs Auge passt: »Kumm, lommer heimjon, bring mich noh Huus, lommer endlich heimjon, maach die Leechter us.«

Nur eine betrunkene Maggi und kein Einbrecher? Laura ist deswegen schon ein bisschen enttäuscht. Mirko aber zuckt mit den Schultern, schnappt sich Conchitas Leine und grinst. »Sie hat recht. Es ist spät, wir sollten endlich heimgehen, oder?«

22.30 Uhr, Gereonswall

Seltsamerweise hat es gar kein großes Donnerwetter gegeben, als Laura so spät nach Hause gekommen ist. Obwohl Mirko sich bereit erklärt hat, die torkelnde Maggi nach Hause zu begleiten, weil er eh in die Richtung musste, ist es dennoch weit nach zweiundzwanzig Uhr, als Laura zur Tür reinkommt. Die Mutter schläft offenbar schon, und der Vater schickt seine Tochter mehr oder weniger wortlos direkt in ihr Zimmer.

Erstaunt nimmt Laura zur Kenntnis, dass hier heute jemand gründlich aufgeräumt haben muss – ihre Kleider liegen fein säuberlich zusammengelegt im Schrank, die Schulsachen wurden in die dafür vorgesehenen Fächer sortiert, und die Bonbonpapiere, benutzten Taschentücher und einzelnen Socken stapeln sich nicht mehr unter dem Bett. Eigentlich ist es aufgeräumt viel schöner, muss Laura zugeben.

Sie kuschelt sich in ihr Bett und löscht das Licht. An Schlafen ist dennoch erst mal nicht zu denken: Immer wieder fallen Laura Gesprächsfetzen und Ereignisse des heutigen Tages ein, Puzzlestücke, die – wenn man sie richtig zusammensetzen kann – ein Ganzes ergeben.

Und immer wieder sieht sie Maggi vor sich: Denn mit dem Anruf der alten Dame hatte dieser verrückte Tag begonnen, und mit ihrem seltsamen Auftritt auf der Baustelle eben hat er geendet. Was für eine coole Alte! Wenn Laura mal über achtzig Jahre sein sollte, will sie genauso taff sein.

Auf Lauras Nachfrage, was sie denn mitten in der Nacht auf der Baustelle gesucht habe, hat sie jedenfalls glaubhaft beteuert, sie habe nach der ausschweifenden Karnevalssitzung nur dringend auf Toilette gemusst und sich deshalb für das Dixi-Klo auf der Baustelle entschieden. Alte Leute hätten es eben manchmal ein bisschen eilig, wenn sie austreten müssten.

Austreten. Was für ein lustiges altes Wort fürs Pipimachen. Sicher kommt das noch aus Zeiten, als es noch Plumpsklos vor dem Haus gab und man tatsächlich das Haus verlassen, also austreten, musste. Dass sie ausgerechnet dann auch noch dort eingeschlafen sei, ja, so etwas sei ihr – Margit Troisdorf – allerdings auch noch nie passiert. Eine wahrlich verrückte Geschichte, findet Laura.

Obwohl sie gerade noch das Gefühl gehabt hat, total aufgekratzt zu sein, schläft Laura dann doch bald ein. Im Land der

Träume begrüßt sie ein superhübsches Mädchen in einer weißen Toga. Sie stellt sich als Claudia, Tochter des Feldherrn Poblicius, vor und lädt sie in ihr Kinderzimmer ein. Sie wohnt in einer richtig tollen Villa. Das Haus erinnert Laura an das Haus von Freddy Mister – luxuriös und großzügig.

Als Laura das Mädchen im Traum fragt, ob sie wirklich vor zweitausend Jahren gelebt habe, nickt dieses. »Ja, aber ich bin wiederauferstanden. Ich suche meinen Hund Titus. Man hat ihn mir gestohlen.«

»Das heißt, du bist auferstanden, um deinen Hund zu suchen?«, hört sich Laura fragen.

Claudia nickt, und ihre braunen Locken hüpfen dabei lustig um ihren Kopf. »*Redivivus*, wie wir Römer sagen!« Und dann löst sich ihre neue Freundin einfach in Luft auf.

Laura ist plötzlich wieder wach. Woher, schießt es ihr plötzlich durch den Kopf, kann der Zirkusjunge Mirko überhaupt so gut Latein?

Montag, 10. Oktober

9 Uhr, Gereonswall

Als Laura die Eltern mit Systra am Frühstückstisch sitzen sieht, bekommt sie gleich ein schlechtes Gewissen. Keiner hat bis jetzt so richtig mit ihr geschimpft, niemand hat ihr wegen gestern Abend Vorwürfe gemacht. Dabei hat sie die Vereinbarung, dass sie den Eltern immer sagen muss, wo sie hingeht, nicht eingehalten. Und dazu noch die Regel, dass sie vor Anbruch der Dunkelheit zu Hause sein soll, nicht beachtet. Sie setzt sich zu den anderen an den Tisch und sagt artig: »Guten Morgen.« Keine Reaktion.

»Morgen«, murmelt der Vater hinter seiner Zeitung, während die Mutter ihre kleine Schwester weiter mit Haferbrei füttert.

Laura tut sich ebenfalls einen großen Löffel in ein Schälchen und schüttet großzügig Zimt und Zucker drüber. Es ist umso vieles ruhiger am Tisch als sonst. Seltsam ist das.

Ohne eine Miene zu verziehen, setzt Renate Pauli schließlich ihrem Mann Systra auf den Schoß, räumt ihr Frühstück weg und geht ins Bad. Innerlich kocht sie wahrscheinlich, weil sie es nicht leiden kann, wenn ihr Mann am Tisch Zeitung liest und ihre Tochter zu Hause keinen Handschlag tut, sich schön bedienen lässt und dazu noch mitten in der Nacht nach Hause kommt.

Dass sie sich die Ferien anders vorgestellt hat, hat sie bereits in den letzten Tagen mehrfach durchblicken lassen. Ein paar nette Ausflüge mit der Familie ins Museum habe sie machen wollen. Oder eine spontane Reise – mit dem Flugzeug. Ins Warme. Mal alle viere von sich strecken. Ein gutes Buch lesen. Jedenfalls hat sie jetzt offenbar wirklich die Nase voll. Renate Pauli schnappt sich ihre Jacke und verschwindet wortlos aus der Tür, die sie mit einem dumpfen Knall hinter sich zuwirft.

»Die ist zu«, sagt Carlo Pauli und meint damit die Tür.

»Was ist denn mit Mama los?«, fragt Laura beunruhigt.

»Keine Ahnung«, antwortet ihr Vater. So wie er schaut, weiß er es wirklich nicht. »Sie war schon gestern Abend durch den Wind. Zuerst hat sie rumgeräumt, die Küche geputzt und dein Zimmer auf Vordermann gebracht. Und plötzlich kommt sie mir mit rot geweinten Augen entgegen und legt sich schweigend ins Bett.« Er zuckt mit den Schultern. »Aber keine Sorge, das wird schon wieder.«

Da bin ich mir nicht so sicher, denkt Laura. Sie hat ihre Mutter so noch nicht erlebt. »Hm«, sagt sie daher nur. Dann schnappt sie sich den neuen Rucksack und macht sich auf den Weg.

11 Uhr, Roncalliplatz

Da das Römisch-Germanische Museum montags eigentlich geschlossen hat, soll Laura am Eingang auf Freddy warten. Er hat ihr für heute eine Sonderführung versprochen. Und eine Überraschung angekündigt. Doch auf ihre Nachricht, dass sie jetzt da sei, hat er sich noch nicht wieder gemeldet. Und durch die Glasscheibe sieht es nicht so aus, als sei er im Haus. Ob er seinen Dienst überhaupt schon angetreten hat?

Laura nimmt auf einem steinernen Sarkophag aus der Römerzeit vor dem Museum Platz. Dass ihre Sitzgelegenheit früher tatsächlich zur Aufbewahrung von Toten genutzt wurde, lässt ihr kurz einen Schauer über den Rücken laufen.

Warum der Sarg wohl mit eisernen Dübeln zugenagelt worden ist? Ob wirklich schon mal jemand auf die Idee gekommen ist, sich da reinzulegen? Hat nicht sogar Ralle mal behauptet, dass er früher die eine oder andere Nacht in den Steinsarkophagen am Dom verbracht hat? Laura hat das damals für einen Scherz gehalten.

Eigentlich macht ihr Warten gar nichts aus. Sie schaut sich gern um und macht sich dann so ihre Gedanken. Jetzt muss sie an ihre Mutter denken und wie traurig sie am Morgen ausgesehen hat. Wo sie wohl hingelaufen ist – so schick mit Mantel und Handtasche?

An diesem Montagmorgen liegt der Roncalliplatz friedlich da, nur wenige Menschen eilen auf dem Weg zur Arbeit über den großen Platz. Die meisten Touristen sind sonntags abgereist oder schlafen lange. Ein paar Leute vertreten sich noch kurz in Bahnhofsnähe die Beine, bevor sie zum Zug müssen. Von Weitem hört man die Züge, Lautsprecherdurchsagen und leises Stimmengemurmel, aber nur, wenn man ganz genau hinhört.

Zu Lauras Überraschung tut sich plötzlich was am Museumseingang. Eine Frau mit einer hippen schwarzen Brille und einem verrückt gemusterten Kleid begrüßt gerade eine Gruppe Menschen an der Tür. Seltsam, wo das Museum doch montags geschlossen hat, denkt sich Laura.

Flink springt sie auf und taucht nach wenigen Schritten ebenfalls in der Menge unter. Wie normale Museumsbesucher sehen die Leute nicht aus, findet sie. Einer trägt eine Filmkamera auf der Schulter, ein anderer eine fette Spiegelreflexkamera um den Hals. Mitten in der Menge erkennt Laura den Schulfreund ihres Vaters, Larry Keckmann. Er ist Journalist beim »BLITZ« und berichtet immer über Skandale, Promi-Klatsch und Tratsch. Weil Laura so klein ist, kann sie sich unbemerkt unter die Leute mischen und gelangt so ebenfalls in den Eingangsbereich des Museums. *Great!*

»Zur Pressekonferenz geht es da lang«, erklärt die Brillen-Frau allen Besuchern und zeigt auf einen Raum im hinteren Bereich des Museums. Laura fällt auf, dass sie sehr nervös wirkt. Wieso nur?, fragt sie sich.

12 Uhr, Römisch-Germanisches Museum

Auf der Pressekonferenz zur aktuellen Ausgrabungsstelle am Gereonswall machen alle einen furchtbar wichtigen Eindruck, findet Laura. Aber es geht ja auch um ein Thema, das gerade die ganze Welt zu beschäftigen scheint: Während der Bau eines Hotels mit Tiefgarage natürlich nur die Kölner interessiert hat – viele sind wohl dagegen gewesen, andere wiederum dafür –, ist der Fund des gut erhaltenen Hundeskeletts aus der Römerzeit samt Grabbeigaben auf den Titelseiten weltweit abgedruckt gewesen. Die »New York Times« hat berichtet. Das »Svenska Dagbladet«. Und schließlich sogar die »Daily Trust«, eine afrikanische Zeitung aus Nigeria. Inzwischen hat es das unscharfe Foto vom Römergrab aus Köln sogar bis ins amerikanische Fernsehen geschafft, erfährt Laura durch die angeregten Gespräche um sich herum. Warum dann aber erst heute eine Pressekonferenz, fast eine Woche nach dem Fund?, fragen sich alle hier.

Gut, dass ihr bisher niemand die Frage gestellt hat, für welches Medium sie denn tätig ist. Sie hätte nur die Schülerzeitung der Gesamtschule Agnesstein nennen können, für die sie vor zwei Jahren mal einen Buchtipp beigesteuert hat.

Laura nimmt in der letzten Reihe Platz, gar nicht weit von dem kleinen Büfett mit belegten Brötchen, die unglaublich lecker duften. Jetzt fällt ihr ein, dass sie kaum gefrühstückt und einen riesigen Hunger hat. Die meisten Journalistinnen und Journalisten, die sich im Museum versammelt haben, sind einfach an den Brötchen vorbeigegangen. Alle Augen und Ohren richten sich jetzt nämlich auf den Mann, der vorn am Mikrofon sitzt.

»Schön, dass Sie so spontan kommen konnten«, sagt er und schaut sich suchend um. Offenbar fehlt noch jemand, für den man einen zweiten Stuhl bereitgestellt hat.

Den Typ da vorne hat Laura schon mal im Fernsehen gesehen. Mit seinen knallroten Haaren, der schwarzen Lederjacke und den total verdreckten Schuhen wirkt er fast so, als habe er sich verlaufen und gehöre gar nicht hierher.

»Wer mich nicht kennt: Mein Name ist Dr. Ingo Leister, ich bin der Leiter der brandneuen Ausgrabungsstelle am Gereonswall und der neue stellvertretende Direktor des Museums.«

Ein Raunen geht durch den Raum. Dass es hier einen neuen Mitarbeiter gibt, ist offenbar noch niemandem bekannt gewesen.

Normalerweise übernehme der Direktor Konrad Labermann so wichtige Termine doch höchstpersönlich, raunt eine junge

Frau in Lauras Nähe ihrer Sitznachbarin zu. Der sei aber doch gerade auf dieser wichtigen Tagung im Ausland, weiß die andere zu berichten. Rom. Laura wird hellhörig.

Sie sieht sich nach Freddy um, kann ihn aber nirgends erspähen. Dafür entdeckt sie ein anderes bekanntes Gesicht, mit dem sie hier gar nicht gerechnet hat. Unverwechselbar die massige Statur, der schwarze Schlapphut und der verknitterte braune Mantel: Kommissar Sieberbeck.

Er quält sich gerade mit zwei belegten Brötchen – in jeder Hand eins – und einem Pappbecher Kaffee nach vorn und lässt sich auf den freien Stuhl neben diesen Dr. Leister plumpsen. »So, da bin ich!«, sagt er und grinst. »Wir können beginnen.«

Hätte Laura sich ja eigentlich denken können, dass sich der immer hungrige Kommissar so ein Event mit Büfett nicht entgehen lässt. Oder warum ist er sonst gekommen? Laura deutet mit einem Nicken einen Gruß an.

Sie hat Sieberbeck nicht mehr gesehen, seit die Bolzplatzbande ihm bei der Festnahme der Haifisch-Bande geholfen hat – begeistert ist der Polizist damals nicht gewesen, dass die Kinder sich auf eigene Faust in die Ermittlungen gestürzt haben. Letztlich haben sie ihm aber den Kragen gerettet beziehungsweise den Fall gelöst.

Der Rothaarige vorne räuspert sich, um die gesammelte Aufmerksamkeit im Raum endlich auf sich zu ziehen. »Da das Interesse der Öffentlichkeit an unserem Römergrab so groß ist, haben wir uns entschieden, alle Medien gleichzeitig über die neuesten Vorkommnisse zu informieren. Selbstverständlich wird die Pressekonferenz deshalb auch im Internet übertragen und dank Frau Trutschtke ins Englische übersetzt.«

Aha. Deshalb die Kameras. Die Mikros. Die Scheinwerfer. Und eine Übersetzerin mit Headset in der ersten Reihe. Ein bisschen viel Wind um ein paar alte Knochen, findet Laura.

»Reden Sie nicht um den heißen Brei herum«, platzt einer Journalistin schon jetzt der Kragen. »Sie halten uns seit Tagen an der kurzen Leine. Außer einem unscharfen Foto, auf dem man kaum etwas erkennen kann, haben wir nichts in der Hand!«

»Genau. Was ist mit den Gerüchten, dass es gar keinen Hund gibt, dass Sie sich die Geschichte nur ausgedacht haben? Stimmt das etwa?«, brüllt einer dazwischen.

Die Stimmung hier ist ganz schön aufgeheizt, findet Laura.

»Ich habe gehört, dass der Geist des Hundes sich an allen rächt, die seine Todesruhe gestört haben. Können Sie etwas zu den Opfern sagen?«, piepst eine helle Stimme dazwischen. Sie gehört zu einer Journalistin, die noch viel kleiner und zierlicher ist als Laura. Dafür ist sie komplett tätowiert und hat viele Piercings – auch in der Nase und an der Augenbraue.

»Wer glaubt denn an so einen Quatsch?«, lacht ihr direkter Sitznachbar. »Wohl zu viele Horrorfilme gesehen, was?«

Dr. Ingo Leister bleibt zwar nach außen hin ganz ruhig, aber seine Gesichtsfarbe nimmt mehr und mehr den Farbton seiner Haare an. »Doch. Nein. Also ja. Ich muss Ihnen in der Tat mitteilen, dass das Hundeskelett … weg ist.« Er räuspert sich. »Es wurde bereits in der Nacht zum Donnerstag vom Fundort … sagen wir: entwendet.«

Jetzt geht erneut ein Raunen durch den Raum. Es ist, als hätte der Archäologe gerade eine Bombe platzen lassen.

»Wie kann so etwas passieren?«, regt sich ein Journalist auf. Wie Laura findet, zu Recht. »Ist so eine Fundstelle nicht gesichert?«

»Normalerweise schon. Aber der Sicherheitsmitarbeiter, der in dieser Nacht Dienst hatte, ist ebenfalls nicht auffindbar«, ergänzt jetzt Kommissar Sieberbeck. »Die Sache ist vollkommen rätselhaft. Das müssen wir zugeben.«

Seine Jacke ist voller Krümel, und im Schnurrbart hat er Reste von Mayonnaise hängen. Das sieht Laura sogar aus der Entfernung.

»Woher wissen Sie denn dann, dass es dieses Hundeskelett überhaupt jemals gegeben hat?« Typisch Larry Keckmann. Er stellt immer die kritischsten Fragen.

Für die Beantwortung dieser Frage fühlt sich Leister zuständig. »Das Foto, das kursiert, ist echt. Es stammt von dem Bauarbeiter, der das Grab am Mittwochnachmittag kurz vor Feierabend gefunden hat. Leider hat er den Schnappschuss nachts gleich im

Internet verbreitet. Auf Instagram, Facebook, Twitter und Snapchat. Nur hat er weder dem Baustellenleiter noch uns Bescheid gesagt. Als wir am Donnerstag von der Frühschicht zur Fundstelle gerufen wurden, war das Grab bereits leer.«

Deswegen ist Sieberbeck also hier. Nicht wegen der leckeren Brötchen. Und auch nicht, weil er zu den Römer-Fans gehört, die es in Köln an jeder Ecke gibt. Sieberbeck ermittelt bereits im Fall »Römergrab«.

»Wir haben schon einen Hauptverdächtigen. Den Namen geben wir allerdings erst raus, wenn wir den Verdacht überprüft haben. Momentan ist der Mann noch flüchtig«, sagt Sieberbeck kauend.

Laura weiß natürlich sofort, wer gemeint ist. Bolislav Fischer, ihr Freund Bolle.

»Was hat sich dort auf der Baustelle in der Nacht zum Donnerstag denn nun abgespielt? Und warum erfahren wir das alles erst jetzt?«

Die Meute wird ungeduldiger. »Wollen Sie was vertuschen?«

Leister seufzt. »Eigentlich sollte sich dazu der Bauleiter selbst äußern. Schließlich ist es seine Baustelle, und er trägt die Verantwortung dafür, dass uns der Fund nicht gemeldet wurde. Aber der feine Herr Mister zieht es offenbar vor, sich aus der Verantwortung zu ziehen.« Ingo Leister hat jetzt eine knallrote Birne, es sieht aus, als wollte sein Kopf gleich platzen.

Lauras Gehirn läuft auf Hochtouren. Mister. Mister Mister. Georg Mister. Moment mal. Freddys Vater ist der berühmt-berüchtigte Bauleiter des Hotels am Gereonswall? Ausgerechnet er trägt die Verantwortung? Jetzt fällt es Laura wie Schuppen von den Augen: das riesige Haus, in dem eine unglaubliche Menge Kohle steckt. Der gestresste Vater, der erst spätabends von der Arbeit nach Hause kommt, weil er – wie Freddy sagte – eine Menge Ärger auf einer seiner Baustellen hat. Und ein Sohn, der sich für die Römerzeit begeistert und gerade ein Praktikum im Römisch-Germanischen Museum absolviert. Na, wenn das nicht mehr als verdächtig ist. Doch egal, wie Laura die Puzzleteile in ihrem Kopf zusammenlegt, es wird kein komplettes Bild daraus.

Die bebrillte Frau trippelt plötzlich auf Sieberbeck zu und flüstert ihm etwas ins Ohr. Ihr Hals hat vor Aufregung rote Flecken. Die Botschaft scheint kurz und knapp.

Sieberbeck springt sofort auf. »Das ist ja unglaublich!«, sagt er jetzt. »Das muss ich mir anschauen. Und Sie sollten mitkommen, Leister!«

Laura beobachtet erstaunt, wie der massige Mann mit dem stellvertretenden Direktor im Schlepptau mit großen Schritten den Raum verlässt. Einfach so. Die Dame rennt hinterher.

An der Tür dreht er sich noch mal herum und sagt: »Entschuldigen Sie, aber wir müssen die Konferenz vertagen. Ich höre gerade, dass die Grabbeigaben aufgetaucht sind. An einem … eher überraschenden Ort. Ich halte Sie auf dem Laufenden, meine Herrschaften!«

Im Raum geht das Gemurmel los. Es ist, als schwebte ein riesiges Fragezeichen über allen Köpfen. Ist die Pressekonferenz jetzt einfach vorbei?

12.30 Uhr, Damentoilette vom Römisch-Germanischen Museum

Ausgerechnet in dem Moment, als Laura auf der Toilette Platz nehmen will, meldet sich Freddy endlich per SMS. Er sei jetzt vorn am Eingang. Er warte. »Ich komme in fünf Minuten«, schreibt Laura zurück.

Sie bleibt noch eine ganze Weile auf dem geschlossenen Toilettendeckel sitzen. Sie muss nachdenken. Das ist der beste Ort dafür, wie ihr scheint. Was ist zu tun? So viele Informationen und immer noch keine heiße Spur!

Sie muss Kevin, Sema und Wladi fragen, vielleicht sind die ja einen Schritt weitergekommen. Sie probiert alle Nummern durch. Ruft jeden Einzelnen an. Schreibt jedem eine SMS. Doch der Einzige, der sie erhört, ist Wladi.

»Hi … Laura!«, hört sie ihn sagen, die Verbindung ist allerdings nicht besonders gut. Es klingt dumpf, als sei er in einem Raum mit schlechtem Empfang. »Alle… s… Mi…!«

»Wo bist du, Wladi? Ich kann dich kaum hören!«

Das Rauschen in der Leitung wird immer stärker. »K…chi… Wer…statt.«

»Was hast du gesagt? Bist du in Bolles Werkstatt?«

»…a… Ca…nem!«

Dann bricht die Verbindung ganz ab. Ob Wladi wirklich an den Tatort zurückgekehrt ist? Wie gern hätte sie ihm jetzt brühwarm erzählt, dass Freddys Vater der Bauleiter des Hotels am Gereonswall ist. Und dass es einer seiner Leute gewesen ist, der am Mittwochnachmittag beim Ausheben der Baugrube auf das Römergrab gestoßen ist.

Wenn man den Schilderungen auf der Pressekonferenz Glauben schenken darf, hat der Bauarbeiter jedoch nicht seinem Chef Bescheid gegeben, was er hätte tun sollen, sondern lediglich den Sicherheitsdienst über den Fund informiert, der um siebzehn Uhr seinen Dienst angetreten hat: Bolle nämlich. Was dann in der Nacht passiert ist, ist immer noch vollkommen rätselhaft.

Am nächsten Morgen kursierten dann, so hat es Sieberbeck jedenfalls dargestellt, bereits die unscharfen Handy-Fotos von dem Grab. Diese Fotos sind bis heute der einzige Beweis, dass in dem Grab überhaupt ein Hundeskelett mit wertvollen Grabbeigaben gefunden worden ist. Am nächsten Morgen nämlich war alles spurlos verschwunden. »Genau wie unser Bolle«, denkt Laura laut nach. Wirklich seltsam.

Sie schaut in den Spiegel. Ein blasses Mädchen mit langen blonden Haaren und Ringen unter den Augen sieht ihr entgegen. Es wird Zeit, dass ich mal wieder richtig durchschlafen kann, denkt sie. Bis dahin sollte sie vielleicht doch Esmas Rat befolgen und regelmäßig mit Lippenstift und Rouge arbeiten.

Laura dreht den Wasserhahn auf und spritzt sich das kühle Nass ins Gesicht. Über die Augen. Und dann lässt sie sich einen Strahl in den Mund laufen. Das tut gut!

»Irgendetwas haben wir übersehen«, sagt sie zu sich selbst.

»Redest du mit mir?«, hört sie da plötzlich eine piepsige Frauenstimme. Die Tätowierte aus der Konferenz kommt aus einer der Kabinen, wäscht sich die Hände und grinst dabei Lauras Spiegelbild an, ein silbernes Piercing zwischen den Vorderzähnen blitzt hervor.

Ob sie das Telefonat mit Wladi eben auch gehört hat? Laura schüttelt den Kopf. »Hab mit mir selbst gesprochen«, murmelt sie.

»Und ich sag dir, Kleine. Der Hund rächt sich an allen, die seine Ruhe stören – auch an Journalisten. Sieh dich vor, dass du dich von der Story fernhältst«, sagt die Frau mit bedrohlicher Geste.

Schnell weg hier, denkt Laura und trocknet sich rasch die Hände ab.

»Cave Canem!«, ruft die kleine Frau ihr hinterher. »Wir müssen die Warnung des Hundes ernst nehmen!«

13 Uhr, auf dem Weg zur Alten Feuerwache

Laura ist heilfroh, dass Freddy sie auf dem Fußweg vom Museum zur Alten Feuerwache noch ein Stück begleiten will – am Bahnhof muss er dann in die andere Richtung, aber von dort ist es nicht mehr weit.

Sein Chef – der stellvertretende Museumsdirektor Leister – hat ihm heute früher als vereinbart freigegeben, erzählt er. Und das, nachdem er ihn während der Pressekonferenz schon in seinem Büro am Telefon geparkt hat, obwohl Freddy lieber ganz vorn mit dabei gewesen wäre. Immerhin hat er sich so die Nummer von dem Anrufer notieren können, der noch während der Pressekonferenz für Sieberbeck eine ganz dringende Mitteilung hatte: das Fundbüro Köln-Kalk.

»Du willst damit sagen, dass einer die verschollenen Grabbeigaben im Fundbüro abgegeben hat?«, wundert sich Laura.

Doch Freddy zuckt mit den Schultern. »Sieht so aus, ich weiß aber nichts Näheres. Man hat mich ja von allem abgeschirmt.

Als hätte ich Aussatz oder eine andere ansteckende Krankheit«, beschwert sich Freddy.

»Das bekommen wir auch so noch raus, denke ich«, versucht Laura den Jungen zu beruhigen.

Insgeheim muss sie zugeben, dass sie am liebsten gleich selbst im Fundbüro anrufen würde, um diese Information zu überprüfen. Freddy merkt zum Glück nicht, wie sehr sie das Ganze beschäftigt. Und das ist auch gut so, denn er soll keinen Verdacht schöpfen, dass sie mit ihrer Detektivbande gerade an genau diesem Fall arbeitet.

»Wahrscheinlich haben Leister und Co einfach keine Lust auf einen Schülerpraktikanten«, lästert Freddy gerade. Aber Laura kommt da noch ein ganz anderer Gedanke in den Sinn. Ob man den Jungen vielleicht nach Hause geschickt hat, weil er als Sohn von Georg Mister irgendwie in den Fall verwickelt ist?

Sie muss sich jetzt ganz schön beeilen, um mit Freddy Schritt halten zu können, als sie am Eingang zum Dom vorbeilaufen. Doch auf Höhe des römischen Nordtors bleibt er plötzlich stehen. Er dreht sich mit glänzenden Augen zu Laura um. Und das, obwohl er doch gerade noch so wütend und enttäuscht gewesen ist.

»Ich habe eine Idee. Ich weiß ja, dass du Mitglied der Bolzplatzbande bist, die schon viele Fälle gelöst hat. Das stimmt doch, oder?«

Ertappt!, denkt Laura. Jetzt hat er es doch gemerkt, dass wir ihn die ganze Zeit nur ausgehorcht haben, um mit dem Fall weiterzukommen. Sie hat plötzlich so ein unglaublich schlechtes Gewissen.

Doch Freddy macht ihr gar keinen Vorwurf. Im Gegenteil. Er packt Laura am Arm und schaut ihr eindringlich in die Augen, als er sagt: »Ich brauche eure Hilfe!«

»Was?« Laura glaubt, sich verhört zu haben. »Wie meinst du das?«

»Ich habe einen Auftrag für euch.«

Sie starrt ihn nur ungläubig an.

»Ich kann auch dafür bezahlen! Bitte, Laura!«

Kurz kommt in Laura Ärger hoch. Er denkt also, dass er mit Geld alles und jeden kaufen kann? Na, das hat er sich offenbar bei seinem

Vater abgeguckt. Aber der Bolzplatzbande geht es überhaupt nicht darum, reich zu werden. Es geht um Gerechtigkeit. Das muss sie erst mal klarstellen, bevor sie hier irgendeine Entscheidung trifft. Und sowieso muss sie mit den anderen sprechen. Dringend.

»Um was geht es denn bei dem Auftrag?«, hakt sie nach, eigentlich nur, um Zeit zu gewinnen. Automatisch schaut sie auf ihr Handy. Keine Nachricht.

»Weißt du, es geht um dieses geheimnisvolle Römergrab am Gereonswall. Seit bekannt geworden ist, dass das Hundeskelett verschwunden ist, geben alle meinem Vater die Schuld daran«, erklärt Freddy jetzt sein Anliegen. »Vor allem dieser Dr. Leister ist sauer auf ihn, weil es ja zweifelsohne mein Vater gewesen ist, der diese zwielichtige Sicherheitsfirma beauftragt hat. Leister hat sogar gesagt, dass er meinen Vater verklagen will, wenn das Skelett und die Grabbeigaben nicht wieder auftauchen. Er ist einfach sauer, weil er ihm die schöne Fundstelle vermasselt hat.«

»Verständlich«, rutscht es Laura raus.

»Aber welchen Vorteil soll denn mein Dad von diesem Diebstahl haben? Am Ende behauptet noch einer, er hätte den Hund selbst geklaut! Dabei ist er es doch, der jetzt den Schaden hat.«

»Welchen Schaden denn?« Laura geht das alles viel zu schnell. Sie kapiert nur die Hälfte von dem, was Freddy da erzählt. Aber interessant ist es allemal.

»Na ja, wenn dieses Hotel nicht rechtzeitig gebaut und eröffnet wird, verliert er als Bauleiter einige Millionen, weil das im Vertrag so festgelegt wurde. Die Eröffnung sollte ja schon im nächsten Sommer sein. Es gibt bereits erste Zimmerbuchungen von Gästen, die jetzt rückgängig gemacht werden müssen.«

Laura schluckt. Es geht hier nicht um Hunderte oder Tausende Euros, sondern gleich um ein paar Millionen? Vielleicht ist der ganze Fall doch ein bisschen zu groß für sie. Jetzt, wo Bolle nicht da ist, haben sie ja keinerlei Beistand von Erwachsenen.

»Warum ist dein Vater nicht zur Pressekonferenz gekommen, um sich zu verteidigen? Man hat ihn ja wohl dazu eingeladen. So macht er sich erst recht verdächtig.«

»Er spricht zurzeit überhaupt nicht über die ganze Sache. Mit niemandem. Auch nicht mit meiner Mutter. Er sitzt nur zu Hause auf dem Sofa herum und starrt Löcher in die Luft.« Freddy seufzt. »So habe ich ihn noch nie erlebt!«

Klar: Mister wäre der Letzte, der sich über jahrelange Ausgrabungen auf seiner Baustelle freuen würde. Wenn die Ermittlungen durch die Polizei abgeschlossen wären, würde man dort nach weiteren Gräbern suchen.

Anders herum gedacht, hat Georg Mister aber dadurch auch ein Motiv: Was, wenn Herr Mister den Auftrag, das Hundeskelett verschwinden zu lassen, tatsächlich selbst gegeben hat? Um von vornherein zu vertuschen, dass es ein Grab gibt? Nur, wer hat sich dann darum gekümmert, dass es verschwindet? Mister würde sich doch nie selbst die Hände dreckig machen. Vielleicht der Bauarbeiter, der angeblich nur das Foto geschossen hat? Oder doch Bolle?

»Und was ist mit dem Besitzer des Geländes? Wem gehört denn der ganze Grund und Boden überhaupt?«, fragt Laura.

Freddy lacht, es klingt jedoch eher verbittert. »Irgendeinem Scheich aus Saudi-Arabien? Nee, im Ernst, ich weiß es nicht. Fakt ist doch, dass man meinen Vater gelinkt hat. Alle stellen ihn als Übeltäter da. Also brauchen wir den echten. Nämlich den, der das Skelett aus dem Grab gebuddelt und verschwinden gelassen hat. Und der muss bestätigen, dass mein Vater damit nichts zu tun hat. Würdet ihr Detektive mir dabei helfen?«

Sie passieren jetzt die Bahnhofshalle. Menschen rennen zu den Zügen, andere wiederum verweilen in den Boutiquen oder nutzen die Möglichkeit, sich mit Brot oder Gebäck einzudecken. Laura liebt das bunte Treiben am Kölner Hauptbahnhof. An manchen Sonntagen hat sie ihre Eltern sogar zu einem Abstecher hierher überreden können, weil es die einzigen Geschäfte sind, die dann geöffnet haben. Aber seit Systra auf der Welt ist, sind diese Shoppingtouren selten geworden.

Heute hat sie etwas anderes im Kopf als Klamotten, Bücher und Parfum. Was Freddy ihr da gerade alles erzählt hat, ist ganz schön viel auf einmal. Und dass er sie mit dem Fall beauftragen möchte, an dem sie eh gerade arbeitet, ist natürlich heikel. Einerseits würde sie Freddy gern helfen, weil sie ihn inzwischen schon sehr mag. Was aber, wenn bei den Recherchen etwas herauskäme, was ihr selbst gar nicht recht wäre? Nämlich, dass doch Bolle hinter dem Diebstahl steckt?

Sie braucht Bedenkzeit. »Ich muss erst mit den anderen sprechen«, sagt sie deshalb, und ihr Blick streift dabei die köstliche Auslage der Bio-Bäckerei. Der Hunger meldet sich mal wieder.

Dass Freddy erst einmal nichts erwidert, zeigt, wie schwer ihm das alles fällt. Er, dem sonst immer alles gelingt, hat wohl gerade ganz schön viele Probleme auf einmal zu lösen. Seine Schwester scheint ihm dabei auch keine große Hilfe zu sein. Marisa hat sicher nur noch ihre Sprayer-Freunde und diese düstere Metal-Band im Kopf. Freddy und seine Schwester sind so unterschiedlich wie Tag und Nacht, scheint es Laura.

Kurz überlegt sie, wie es wäre, statt einer kleinen Schwester einen großen Bruder wie Freddy zu haben. Gar nicht so schlecht wäre das. Der Überflieger könnte ihr sogar bei den Mathe- und Englischhausaufgaben helfen.

»Okay, Laura. Du meldest dich bei mir?«

Laura nickt. Gern würde sie ihm mehr Mut machen.

»Na dann …« Freddy wendet sich zum Gehen. »Tut mir übrigens leid, dass es mit der Spezialführung durchs Museum heute nicht geklappt hat.«

»Wir holen das nach«, tröstet Laura ihn. Und dann nimmt sie den Jungen spontan in den Arm. Einfach mal so. »Vielleicht schon morgen!«

13.30 Uhr, Bahnhofsvorhalle

Muffins, Nussecken, Erdbeertörtchen – das sieht alles unglaublich lecker und appetitlich aus, findet Laura. Eigentlich hat sie sich eine klitzekleine Pause verdient. Immerhin ist heute nicht nur das Frühstück, sondern auch das üppige Presse-Büfett im Museum für sie ausgefallen. Und hier gibt es die besten Törtchen der Stadt und einen richtigen cremigen Kakao, ganz und gar ungewöhnlich für eine Bahnhofsbäckerei. Das weiß Laura, weil sie früher immer mit ihrer Mutter hier eingekehrt ist.

Eigentlich kann man sich keine bessere Mutter vorstellen. Laura hat zwar oft das Gefühl, abgemeldet zu sein, seit Systra auf der Welt ist. Aber das ist wohl ganz normal, denn die Kleine braucht ihre Mutter im Moment eben viel mehr. Warum nur hat Renate Pauli am Morgen so einen verwirrten Eindruck gemacht? Warum ist sie so früh aus dem Haus gegangen? Hat sie etwas erledigen müssen?

Laura muss jetzt so heftig an ihre Mutter denken, dass sie sich für einen kurzen Moment einbildet, sie leibhaftig vor sich zu sehen. Wie sie so dasitzt, hinter der Glasscheibe in dem Café, am selben Tisch wie früher. Der Mutter-Tochter-Tisch, an dem sie sich nach einer kleinen Shoppingtour immer niedergelassen haben, um sich gegenseitig stolz die gekauften T-Shirts zu zeigen. Es ist Laura jetzt, als wäre Renate Pauli tatsächlich da und nippe an ihrem Café – den traurigen Blick in die Ferne gerichtet.

Moment mal. Da sitzt tatsächlich eine Frau, die ihrer Mutter zum Verwechseln ähnlich sieht.

»Mama?«

»Laura!« Renate Paulis Stimme klingt freundlich, aber auch traurig. »Setz dich, mein Schatz«, sagt sie jetzt. »Die Törtchen sind wie immer ausgezeichnet.«

Laura kann es gar nicht fassen. Während sie sich die größten Sorgen um die Mutter macht, macht die sich eine schöne Zeit im Café. Geht's noch?

Würde sie sich so seltsam verhalten, würden alle wieder sagen, das sei typisch Pubertät. Erwachsene dagegen können sich wohl alles erlauben. Erst jetzt sieht Laura, dass die Mutter ganz rot geweinte Augen hat.

»Es tut mir leid, Laura. Ich habe heute Morgen noch schnell diesen Luxuskoffer zum Fundbüro gebracht, den ich auf dem

Speicher gefunden habe. Die machen ja schon so früh am Morgen auf.« Sie seufzt. »Danach brauchte ich mal ein bisschen Zeit zum Nachdenken.«

»Du hast *was*?«, fragt Laura entsetzt nach. In ihrem Kopf springen die Gedanken hin und her und machen Purzelbäume. Dass ihre Mutter Conchitas Koffer gefunden hat, das hatte sie ja bereits erzählt. Dass sie ihn aber zum Fundbüro bringen wollte, das ist neu. Wie soll sie das nur der »Tussi vom Eigelstein« erzählen, wenn die von ihrer Reise zurückkommt?

»Na ja, das Ding sieht ja schon von außen richtig wertvoll aus. Irgendjemand wird den Koffer doch sicher vermissen. Es ist mir zwar ein Rätsel, wie der sich auf unseren Speicher verirren kann, aber im Haus gehört er niemandem. Das habe ich natürlich zuerst abgefragt. Warum schaust du jetzt so entsetzt?«

Renate Pauli winkt der Kellnerin, die allerdings an einem Tisch in eine Diskussion verwickelt ist. »Ich bestell dir einen Kakao, Liebes, okay?«

Laura nickt, aber in Gedanken ist sie gerade ganz woanders. Seltsam, dass es sich heute bereits zum zweiten Mal um das Fundbüro dreht. Hatte Freddy nicht auch von einem Anruf des Fundbüros erzählt? Und dass Sieberbeck sich auf den Weg dorthin gemacht habe?

»Ich muss mit dir sprechen, Laura. Obwohl es mir alles andere als leichtfällt«, sagt Renate Pauli jetzt und schaut ihre Tochter mit einem tieftraurigen Blick an.

So ernst hat Laura ihre Mutter noch nie erlebt. Hat sie etwa die Sache mit dem Ferienhund ganz allein rausgefunden? Oder ist Systra jetzt doch ernsthaft erkrankt? Oder ist was mit Papa? Haben sie sich wieder gestritten?

»Ich habe beim Aufräumen die Kiste mit den Babyfotos unter deinem Bett gefunden.«

Aha, daher weht der Wind, denkt Laura. Sie macht mir Vorwürfe, weil ich auf dem Speicher herumgewühlt und Unordnung gemacht habe. Aber so richtig sauer wirkt die Mutter gar nicht. Eher verängstigt oder traurig.

»Ich hätte schon längst mit dir darüber reden sollen.« Sie schluckt. »*Wir* … hätten schon längst mit dir reden sollen. Aber Carlo und ich haben immer auf einen geeigneten Zeitpunkt gewartet.«

»Worüber denn reden?«, fragt Laura. Sie hat immer noch keine Ahnung, worum es geht. Dieser seltsame Tonfall macht sie wahnsinnig. Warum redet ihre Mutter plötzlich so schleppend, als würde sie jedes Wort auf die Goldwaage legen wollen?

Die junge, hübsche Kellnerin kommt an den Tisch, um die Bestellung aufzunehmen. Laura ist es inzwischen fast schon egal, was es zu essen gibt – Hauptsache, sie bekommt etwas in den Magen. Der grummelt die ganze Zeit schon bedenklich. Oder ist das gar nicht vor Hunger, sondern eher vor Aufregung?

»Wie du sicher weißt«, fährt die Mutter fort, »sind deine Tante Lotte und dein Onkel Ole vor elf Jahren bei einem Autounfall ums Leben gekommen. Das war für unsere ganze Familie ein schlimmes Ereignis, das wir bis heute nicht überwunden haben.«

Es ist das erste Mal, das Laura sie davon erzählen hört. Diese traurige Geschichte wurde bisher in der ganzen Familie immer unter den Tisch gekehrt. Seltsam, denn die Oma hat mal erwähnt, dass Renate und Lotte – ihre beiden Töchter – früher ein Herz und eine Seele gewesen seien. Fast wie Zwillinge.

Laura nickt. Seltsam, dass die Mutter ausgerechnet jetzt mit dieser Geschichte ankommt. Ob es sich heute vielleicht um den Jahrestag des Unfalls handelt? Das würde auch die vielen Tränen erklären.

Gespannt hängt Laura an den Lippen ihrer Mutter. »Ich habe meine Schwester über alles geliebt. Deshalb ist es für mich selbstverständlich gewesen …«

Eine Tasse Kakao mit einer riesigen Sahnehaube landet plötzlich vor Laura, als käme sie aus dem Nichts. Das Mädchen schnappt sich einen Löffel und probiert schon mal. Heiß!

»Also, Lotte und Ole hatten eine kleine Tochter. Sie war bei dem Unfall auch im Auto, hat aber überlebt.«

Krass. Das also ist das Geheimnis, über das all die Jahre niemand hatte sprechen wollen? Laura muss also noch eine gleichaltrige Cousine haben.

»Ein Mädchen?« Laura hat ganz vergessen, dass sie sich eigentlich ein Törtchen bestellen wollte. Und auch der Kakao hat an Reiz verloren. »Wo ist sie?«

Das Schweigen ist kaum zu ertragen. Laura versteht jetzt gar nichts mehr. Sprechen ist doch besser als Schweigen. Diese Geschichte muss raus. Sonst platzt man doch vor Traurigkeit. Sie kann es einfach nicht verstehen, dass die Eltern damit so lange hinter dem Berg gehalten haben. Okay, Systra würde das noch nicht verstehen. Aber mit ihr hätten sie doch sprechen können.

Renate Pauli räuspert sich. Dann sagt sie mit klarer, deutlicher Stimme: »Es war für uns, Papa und mich, damals selbstverständlich, dass wir uns um das Kind meiner Schwester kümmern. Trotz unserer großen Trauer haben wir es wie ein Geschenk betrachtet, dass wir nun eine Tochter haben sollten – wir dachten nämlich, dass wir selbst keine eigenen Kinder haben können. Wir haben uns also damals zu einer Adoption entschlossen.«

Moment, jetzt habe ich mich wohl verhört, denkt Laura. »Ja … ja … aber wo ist sie … meine Cousine?«

Renate Pauli legt ihre Hand auf Lauras Arm. Eine seltsam vertraute Geste, die zwischen den beiden in letzter Zeit eher selten geworden ist. »Du bist das kleine Mädchen, das überlebt hat, Laura. Du bist Lottes und Oles Tochter.«

Schon in ihrem Grundschulzeugnis hat gestanden, dass sie eine schnelle Auffassungsgabe besitzt. Auch ihre Großmutter hat sie immer wieder gelobt, dass sie vieles versteht, für das Gleichaltrige oft viel länger brauchen. Heute aber steht Laura offenbar auf dem Schlauch. Was hat ihre Mutter da gerade gesagt? Sie ist nicht die Tochter ihrer Eltern? Ihre richtigen Eltern sind tot? Aber dann, dann ist auch Systra nicht ihre Schwester.

Wer bin ich denn eigentlich wirklich? Nicht Laura Pauli? Sicher wäre ich anders geworden, wäre ich bei meinen richtigen Eltern aufgewachsen. Vielleicht glücklicher? Wer weiß das schon. Ich bin nicht ich. Dabei sehe ich noch genauso aus wie vor fünf Minuten.

»Wir lieben dich. Du bist und bleibst unsere Tochter«, sagt Renate Pauli.

Man merkt ihr an, dass sie Angst hat. Angst davor, dass Laura sie jetzt nicht mehr liebt. Dass sie sauer und wütend sein könnte. Doch Laura fühlt erst einmal gar nichts. Nichts Gutes und nichts Schlechtes. Sie ahnt, dass es sicher für ihre Mutter anfangs nicht leicht gewesen sein muss, durch sie immer an den Tod der geliebten Schwester erinnert zu werden.

»Danke, Mama, dass du es mir erzählt hast«, sagt sie. Dabei fühlt sie sich unglaublich leer und müde.

Um zu testen, ob sie überhaupt noch am Leben ist, nimmt sie einen riesigen Schluck von ihrem Kakao. Warm und weich rinnt er ihre Speiseröhre hinunter und wärmt sie von innen. Und weil Laura sich dennoch innerlich sehr stark fühlt und weil sie die Mutter, der es weniger gut zu gehen scheint, in keinem Fall in diesem Zustand allein lassen möchte, fragt sie sie, ob sie mit zur Alten Feuerwache kommen möchte. Das wäre gestern noch undenkbar gewesen. Das wäre sogar heute Morgen noch undenkbar gewesen.

Passt sie ab jetzt auf die Mutter auf, die ja eigentlich ihre Tante ist? Früher ist es immer umgekehrt gewesen. Laura weiß in dem Moment, dass sie Renate Pauli auf immer und ewig zu Dank verpflichtet ist. Ohne sie hätte sie gar niemanden mehr gehabt.

»Weißt du, wir haben wieder einen neuen Fall. Und wir könnten da gut einen Erwachsenen brauchen, der uns hilft, alle kleinen Puzzleteile zusammenzufügen. Kommst du mit?«, fragt sie ihre Mutter, und die schaut sie mit großen, erstaunten Augen an.

15 Uhr, Alte Feuerwache

Als Laura das Polizeiauto und einen Notarztwagen vor Bolles Werkstatt sieht, wird ihr ganz mulmig. Wladi wird doch nichts passiert sein?

Der Junge steht jedoch bereits am Eingang und erwartet sie

offenbar. Er scheint nicht mal erstaunt, dass das Mädchen seine Mutter im Schlepptau hat, und gibt Renate Pauli artig die Hand.

»Hey, ho«, sagt er zu Laura. »Es gibt Neuigkeiten!«

»Das sehe ich«, entgegnet Laura. »Was ist passiert?«

»Ich habe gerufen Polizei und Arzt-Wagen. Du sehen wirst, warum!« Wladi dreht sich auf dem Absatz herum und führt Laura und ihre Mutter durch die Werkstatt.

Laura sieht aus den Augenwinkeln, dass Renate Pauli die »Cave Canem«-Warnung an der Wand registriert und sehr wohl auch das Chaos. Doch da, wo sie sich sonst beschwert hätte, zeigt ihr immer noch leicht gerötetes Gesicht keinerlei Gefühlsregung. Vielleicht ist sie einfach nur froh, dabei zu sein. Seite an Seite mit ihrer Tochter, die ja eigentlich ihre Nichte ist. Aber ist das nicht eigentlich egal, denkt Laura, wenn man sich über alles liebt?

Wladi zeigt auf den Metallschrank, der jetzt nicht mehr – wie sonst – an der hinteren Wand, sondern mitten im Raum steht. Dahinter klafft ein schwarzes Loch, fast so groß wie eine Tür.

»Einsatzkräfte sind alle in Untergrund!«, sagt Wladi und zeigt ins Dunkle. »Conchita hat gefunden Loch in Wand. Ist wirklich super Spürhund!«

»Conchita?« Renate Pauli stolpert hinter den anderen her. »Wer ist das denn? Den Namen habe ich noch nie gehört.«

Dass sie ausgerechnet heute hohe Stöckelschuhe und einen feinen Rock trägt, rächt sich jetzt. Dieses Outfit ist überhaupt nicht geeignet für die harte und manchmal auch dreckige Detektivarbeit, denkt Laura. Aber sie spart sich die Mama-bist-du-peinlich-Nummer. Sie freut sich irgendwie, dass Renate an ihrem Leben gerade mal mehr Anteil nimmt.

»Conchita ist ein Hund«, sagt Laura. Heute scheint der Tag der Geständnisse zu sein. Also wagt auch sie sich jetzt mit ihrem Geheimnis vor. »Genau genommen, *mein* Ferienhund. Aber das ist eine lange Geschichte. Sie ist jedenfalls sehr süß und vielleicht auch der Grund, warum Systra sich so seltsam verhält. Sie hat mich nämlich letztens ertappt, als ich den kleinen Pudel mit in mein Zimmer genommen habe.«

Wie gut, dass es jetzt raus ist. Irgendwie klingt das ganz schön verrückt. Deshalb schaut Renate Pauli auch erst einmal ziemlich entgeistert.

»Ich hoffe, du bist nicht sauer?«, fragt Laura unsicher.

Ihre Mutter schüttelt den Kopf. »Nein, Ich wundere mich nur, wie groß du geworden bist. Und wie wenig ich von dir weiß. Während ich die letzten Monate so sehr mit deiner kleinen Schwester beschäftigt war, habe ich gar nicht mitbekommen, wie selbstständig du geworden bist.« Sie lächelt wehmütig. »Ein Ferienhund, soso.«

Laura weiß, dass jetzt nicht genug Zeit für Liebesgeständnisse und lange Umarmungen bleibt. Die Arbeit ruft.

»Kommt ihr?«, fragt jetzt auch Wladi, leicht ungeduldig. »Ihr werdet sehen, ist Sensation!«

»Hast du dort unten etwa ein weiteres Skelett gefunden?«, fragt Laura halb im Spaß, halb im Ernst. Möglich wäre es, denn die römische Gräberstraße führte, wie die Kinder aus dem Lehrfilm wissen, auch hier vorbei. Und Leister hat auf der Pressekonferenz von weiteren Grabungen erzählt, die jetzt anstünden.

»Fast«, sagt Wladi. Ihm scheint es sichtlich Spaß zu machen, dass er ausnahmsweise mal mehr weiß als die anderen und er Laura und ihre Mutter auf die Folter spannen kann.

Sie stehen jetzt oben an den Treppenstufen, die nach unten führen.

»Sind Sema und Kevin auch dort unten?«, fragt Laura, während sie sich im schwachen Licht ihrer Handy-Taschenlampe die dunkle Treppe hinuntertastet. Sie hält sich an Wladi fest, der vorausgeht. An ihrem Arm hängt wiederum ihre Mutter, die offenbar mehr Respekt vor den unterirdischen Gängen hat als beide Kinder zusammen.

»Nein. Kevin hat sich wieder an Füße von Michi geheftet«, weiß Wladi.

»An seine Fersen, meint er«, übersetzt Laura Wladis drolliges Deutsch für ihre Mutter.

»Und Sema ist verabredet mit Ralle. Ralle ruft heute bei ihr an und sagen, dass seine Freunde in Nacht von Mittwoch auf Donnerstag gesehen haben verdächtige junge Leute auf Baustelle. Mit schwarze lange Mantel an und große Hüte.«

Jugendliche auf der Baustelle? Vielleicht wollen sich Ralles Freunde ja nur aufspielen, sich wichtigmachen. Die Polizei weiß jedenfalls nichts davon, dass Jugendliche in dem Fall eine Rolle spielen.

Je tiefer sie in den Gewölbegang eindringen, desto dunkler und feuchter ist es dort unten. Laura kommt der Weg ewig lang vor, den sie da gerade zurücklegen. Sie ist sich nicht sicher, ob sie allein wieder herausfinden würde – Wladi dagegen kennt den Weg offenbar im Schlaf.

Ob sie bereits unter der ehemaligen Branddirektion sind? Diese Gänge stammen aus derselben Zeit wie das Gebäude, erklärt Renate Pauli: Die Alte Feuerwache ist im Jahr 1890 erbaut worden, bis 1974 hat man das Gelände als Feuerwache genutzt. Darüber gibt auch eine Infotafel am Eingang des Geländes Auskunft. Die unterirdischen Gänge jedoch, so hieß es immer, seien nie begehbar gewesen. Warum? Vielleicht, weil sie einsturzgefährdet sind?

Da bremst Wladi ganz abrupt ab. »Stopp. Hinter Kurve wir am Ziel.«

Und tatsächlich: Gleich hinter der nächsten Wegbiegung stoßen sie auf eine Tür. Dahinter ertönt plötzlich lautes Hundegebell, das Laura sehr vertraut vorkommt. Sie würde Conchitas Stimme unter Tausenden heraushören können. Sie verspürt plötzlich so eine unglaubliche Sehnsucht nach dem kleinen Hund – sie möchte ihn endlich wieder liebkosen, mit ihm kuscheln, ihn auf den Arm nehmen und am liebsten nie wieder loslassen.

»Du hast Conchita dort allein gelassen?«, fragt Laura besorgt.

»Von wegen«, antwortet Wladi und öffnet ohne anzuklopfen die Tür.

Der kleine Raum ist hell erleuchtet. Eine Glühbirne hängt von der Decke und spendet Licht. Laura staunt nicht schlecht, welches Bild sich ihr hier unten bietet. Ein komplett eingerichtetes Wohnzimmer mit Tisch, Stühlen, Sofa und sogar einem Fernsehapparat. Holla, die Waldfee. Mit allem hat sie gerechnet, nur damit nicht!

Conchita fängt sofort an, wie verrückt vor Freude zu kläffen und an Laura hochzuspringen. Doch Laura starrt den alten Mann an, der auf dem grünen Sofa sitzt. Er sieht in seiner Arbeitslatzhose ein bisschen aus wie Bolle, der alte Straßenkehrer – nur um Jahre gealtert. Maggi sitzt daneben und hält ihm die Hand. Ihre Stirn ist in Sorgenfalten gelegt.

»Laura!«, flüstert das Männlein auf dem Sofa jetzt – Laura erkennt sofort Bolles Stimme. Er ist es also wirklich!

Was er wohl hier unten zu suchen hat? Gut scheint es ihm nicht zu gehen. Dünn ist er geworden und ganz blass um die Nase. An seiner Schläfe ist etwas Rotes, das aussieht wie geronnenes Blut.

Wladi lässt sich auf einen der Stühle plumpsen. Dann reibt er eifrig seine Hände, so als wollte er gleich reinspucken und mit anpacken. »Los geht's!«, sagt er. »Jetzt aber ich bin megagespannt!«

15.30 Uhr, im Keller unter der Alten Feuerwache

Auch Laura und ihre Mutter nehmen jetzt an dem alten Holztisch in dem Raum unter der Alten Feuerwache Platz. Renate Pauli lächelt zwar und zeigt sich freudig überrascht, Maggi Troisdorf wiederzusehen. Aber man merkt ihr an, dass ihr ziemlich unwohl bei der ganzen Sache ist. Detektivarbeit ist eben nichts für schwache Nerven, feixt Laura innerlich.

»Ich bin so froh, dass ihr mich gefunden habt«, sagt Bolle gerade und schaut Maggi dabei ganz verliebt an. Der ganze Ärger, dass ihr Freund sie betrügt oder einfach verlassen haben könnte, ist wie weggewischt und einer ernsthaften Sorge gewichen. Sie rückt ihm jedenfalls keinen Zentimeter von der Seite, auch nicht, als ein Sanitäter ihm mit einem Wattebausch die Wunde desinfiziert.

»Jetzt müssen wir nur noch die Verbrecher finden, die mich hier unten eingesperrt haben«, sagt Bolle unter Schmerzen. Sein alter Kampfgeist ist unverändert, das ist ein gutes Zeichen, findet Laura.

»Deshalb sind wir ja hier«, sagt einer der Polizeibeamten, für Lauras Geschmack ein bisschen zu streng. Schließlich hat er es hier nicht mit einem Täter, sondern mit einem Opfer zu tun. »Sie behaupten also weiterhin, jemand hätte sie auf der Baustelle niedergeschlagen und hierher verschleppt?«

Bolle nickt. Er zeigt auf seinen Hinterkopf. »Daher ja auch die Wunde.«

Doch der Polizist lässt sich davon offenbar nicht beeindrucken. Laura kommt es so vor, als habe sich der Beamte seine Meinung schon gebildet, bevor er Bolle ins Kreuzverhör genommen hat. Selbst Sieberbeck ist ja offenbar davon überzeugt, dass Bolislav Fischer alias Bolle hinter dem Grabraub stecken muss. Was für eine bodenlose Ungerechtigkeit!

»Wo und wann soll das passiert sein?« Der Polizist notiert ein paar Sätze auf seinem kleinen Notizblock, während sein Kollege mit dem Smartphone jede kleinste Kleinigkeit in dem Raum abfotografiert: das Regal mit den Lebensmitteln, die Getränkekisten, das Bücherregal. Bolle hätte noch Wochen hier unten ausharren können, ohne zu verhungern. Doch bei diesem Gedanken schaudert es Laura. Was sind das für Schwerverbrecher, die einem alten Mann so etwas antun?

»Na ja, wie ich schon sagte. Es regnete, als ich meinen Dienst am Mittwochabend auf der Baustelle am Gereonswall antrat. Herr Mister hatte mich angewiesen, dass ich bei jedem Wetter halbstündliche Kontrollgänge auf der Baustelle unternehmen soll. Es wird zurzeit eben viel geklaut in Köln«, sagt Bolle. Den spöttischen Blick des Kommissars sieht er gar nicht.

»Sie können sich vorstellen, dass es Schöneres gibt, als mitten in der Nacht auf so einer Baustelle Dienst zu schieben. Dazu noch im Regen. Ich habe mich also erst einmal im Container aufgewärmt und mir einen Tee zubereitet. Dort treffe ich den

Bauarbeiter, der mir diese irre Geschichte von einem Hundeskelett erzählt, das plötzlich – kurz vor Feierabend – vor seinem Bagger im nassen Lehmboden aufgetaucht sei. Dabei hat er mir mit seinem Smartphone vor der Nase herumgefuchtelt, wo ein unscharfes Foto drauf war. Ob ich mir vorstellen könnte, dass das was echt Römisches sei. Dann nämlich würde er sicher mehr Finderlohn bekommen.«

Bolle verzieht vor Schmerzen das Gesicht, als ihm der Sani einen weißen Verband um den Kopf wickelt.

»Was weiß ich, hab ich gesagt. Und dass er mal die Bechtholdt fragen soll, die kennt sich mit so was aus. Er hat nicht lockergelassen, bis ich die Agnes angerufen habe. Und sie hat dann versprochen, vorbeizukommen und eine Expertise zu machen, also das Ding auf seine Echtheit zu überprüfen. Ehrlich gesagt hatte ich den Eindruck, dass der Typ betrunken ist.«

»Betrunken vom Ruhm vielleicht«, entgegnet der Polizist. »Jedenfalls hat er das Foto von dem Hundegrab noch am selben Abend ins Netz gestellt – somit gibt es weltweit mehrere Millionen Menschen, die von dem Fund Wind bekommen haben können. Und Sie wollen mir jetzt erzählen, dass Sie derweil in aller Ruhe rumgesessen und Tee getrunken haben?«

Der Polizist wird Laura immer unsympathischer. Wenn sie jetzt einen Wunsch frei hätte, würde sie sich Kommissar Sieberbeck herwünschen. Seine Art ist zwar auch speziell, aber immerhin ist er gerecht.

»Dieser Bauarbeiter – Karl Mense heißt der – ist dann jedenfalls gegen achtzehn Uhr nach Hause gegangen und auch dort geblieben. Sein Neffe Michi hat ihm für die Nacht ein Alibi gegeben«, fügt der Polizist hinzu.

Moment mal, der Bauarbeiter heißt Karl Mense? Und sein Neffe heißt Michi? Das kann doch kein Zufall sein.

Noch bevor Laura etwas sagen kann, platzt Renate Pauli mit ihrer Frage heraus: »Sie sagen, Mense heißt der Mann, der das Skelett gefunden hat? Wohnt der zufällig am Neusser Wall? Dann kennen wir den ja, nicht wahr, Kinder?«

Auch wenn Laura das oft supernervig findet, dass ihre Mutter alle hier im Eigelstein-Viertel kennt und deshalb bei jedem Zweiten zum Quatschen stehen bleibt, findet sie ihr Namensgedächtnis jetzt ungemein hilfreich. Auf diese Querverbindung wäre sie selbst jedenfalls nicht so schnell gekommen.

Auch Wladi scheint positiv überrascht. »Ja, genau. Michi seit einigen Wochen wohnen bei einem Onkel Karl! Das kann sein, dass es ist dieser Bauarbeiter!«

Der Polizist zuckt mit den Schultern. »Soll das jetzt ein Ablenkungsmanöver sein? Ich interessiere mich nicht für den Neffen von irgendeinem Hampelmann. Ich will vielmehr wissen, wo sich der Inhalt der Grabstelle befindet, auf die Sie, Herr Fischer, ja aufpassen sollten. Ist Ihnen klar, dass Sie immer noch der Hauptverdächtige in dem ganzen Fall sind?«

Nach einem kurzen Schweigen – Bolle sieht man an, wie baff er ist – steht der alte Straßenkehrer plötzlich mühsam, aber entschlossen auf. Er stützt sich auf seine Freundin, die mit ihrem Gipsarm und dem Gehstock ebenfalls recht angeschlagen wirkt, sodass Laura sich fragt, wer da gerade wen stützt.

»Komm, Maggi, das lassen wir uns nicht gefallen. Wir gehen«, sagt Bolle. Laura zwinkert er verschwörerisch zu. Er hat wieder mehr Farbe im Gesicht, was sie freut.

»Moment, Sie können doch nicht einfach so weglaufen. Das Verhör ist ja noch gar nicht beendet!«, sagt der Polizist, der sich immer noch nicht mit Namen vorgestellt hat, erbost.

»Dann laden Sie mich doch auf Ihr Präsidium vor, Herr XY«, sagt Bolle. »Für heute jedenfalls verweigere ich jede weitere Aussage.«

»Wieso das denn?«, entgegnet der Polizist weinerlich. Und jetzt tut er Laura sogar ein bisschen leid. Sicher steht er enorm unter Druck, weil die ganze Welt auf diesen Kölner Fall schaut und er neue Ergebnisse liefern *muss* – am besten noch für die Neunzehn-Uhr-Nachrichten.

»Wieso? Das fragen Sie noch, Sie Flegel?« Maggi ist stinksauer. »Weil er niedergeschlagen wurde und fast fünf Tage lang in diesem Verlies unter der Erde eingesperrt war. Das wünscht man keinem Feind. Sehen Sie doch, wie angeschlagen er ist und wie dringend er Ruhe braucht. Und wenn Sie nicht so ein unsensibler Klotz wären, hätten Sie das auch schon längst bemerkt.«

Maggi rauscht davon und streckt dem Polizisten schließlich die Zunge heraus, das traut sie sich aber sicher nur, weil sie sich bereits außerhalb seiner Sichtweite befindet. Laura muss kichern, als Wladi ihr verschwörerisch zublinzelt. Die Kinder lieben Maggi, wenn sie in Fahrt kommt. Schade, dass Sema und Kevin das gerade nicht miterleben können.

»Bravo«, ruft jetzt auch Renate Pauli und klatscht begeistert in die Hände. Immer lauter. »Wo Frau Troisdorf recht hat, hat sie recht. Kommt, Kinder. Ich könnte auch mal wieder ein bisschen Sauerstoff vertragen!«

Die große, schlanke Frau mit den Stöckelschuhen steht auf und zieht den kurzen Rock gerade. Irgendwie ist Laura in dem Moment unglaublich stolz auf ihre Mutter. Vielleicht, weil sie eine Meinung hat. Und weil sie sich traut, dazu zu stehen. Und weil sie jetzt – obwohl sie eigentlich gar nicht auf Hunde steht – ohne mit der Wimper zu zucken die kleine Conchita vor den erstaunten Blicken der beiden Polizisten auf den Arm nimmt und demonstrativ mit ihr den Raum verlässt. Und das so flink, dass Laura und Wladi kaum hinterherkommen.

20 Uhr, Gereonswall

Systra sitzt mitten im Wohnzimmer und streichelt unaufhörlich den Hund, der es sich auf dem weißen, flauschigen Teppich gemütlich gemacht hat. Eigentlich müsste die Kleine schon längst im Bett sein, aber daran – das ist allen in der Familie klar – ist heute nicht zu denken. Überglücklich betrachtet sie den schlafenden Pudel und fährt immer wieder mit ihren kleinen speckigen Kinderhändchen über sein langhaariges Fell. Hin und wieder fallen ihr die Äuglein zu, dann aber reißt sie sie mit großer Anstrengung wieder auf. Sie hat sicher die Befürchtung, dass das Tier wieder verschwinden könnte, sobald sie einschläft.

Conchita lässt sich das alles heute geduldig gefallen. Nach dem Abendspaziergang durchs Veedel und einer Dose Hundefutter vom Feinsten war eigentlich klar, dass auch sie gut einschlafen würde.

Es ist wirklich viel gemütlicher zu Hause, wenn ein Haustier da ist, denkt Laura, als sie die Szene betrachtet. Ihr fällt kein einziger Grund ein, warum man sich gegen einen Hund entscheiden kann. Vor allem auf die wilde Systra wirkt sich Conchitas Anwesenheit beruhigend aus. So lange ist die Kleine schon lange nicht mehr friedlich auf ihrem Windel-Hintern sitzen geblieben.

Laura schaut zum wiederholten Mal auf die große Uhr über ihrer Zimmertür, die ihr Oma Hilde zum letzten Geburtstag geschenkt hat. Spätestens in einer halben Stunde wird Sema zu ihr kommen. Und endlich würde die Freundin mal wieder über Nacht bleiben.

Als Laura ihre Mutter gefragt hat, ob Sema heute bei ihr übernachten dürfe, hat Renate Pauli das sofort erlaubt. Und weil Sema als Muslimin kein Schweinefleisch isst, hat die Mutter sogar vorgeschlagen, Lammspieße mit Salat zuzubereiten. Seitdem steht sie in der Küche und hört ihre Lieblings-CD – immer und immer wieder.

Die Mutter ist sowieso seit dem Gespräch im Café wie ausgewechselt. Fröhlich, anhänglich und irgendwie auch viel lockerer. So als sei ihr eine große Last von den Schultern genommen. Und auch der Ausflug in die Kölner Unterwelt hat ihr irgendwie gutgetan, findet Laura.

Nachdem der Sanitäter ihnen an der Alten Feuerwache noch versprochen hatte, Bolle und Maggi nach Hause zu fahren, hatten sich auch Mutter und Tochter auf den Heimweg begeben.

»Ich will jetzt häufiger mit dir um die Häuser ziehen«, hat Renate Pauli angekündigt und sich bei Laura eingehängt. »Ich würde auch gerne deine Freunde besser kennenlernen, mehr über deine Hobbys erfahren und euch weiter beim Lösen der Fälle helfen. Natürlich nur, wenn dir das recht ist, Laura!«

Um die Mutter nicht vor den Kopf zu stoßen, hat sie einfach mal genickt. Der normale Familienalltag würde – spätestens sobald die Ferien vorbei waren – der Mutter sicher einen Strich durch die Rechnung machen. Aber egal. Allein der Wunsch, mehr Zeit mit ihr verbringen zu *wollen*, hat Laura ungemein gefreut. Und das, obwohl die Mutter ja jetzt ein richtiges eigenes Kind hat: Systra.

Laura hat es sich an ihrem Schreibtisch gemütlich gemacht. In der Hand hält sie ihr Lieblingsfoto aus der Kiste. Es zeigt Lotte und Ole, wie sie gemeinsam ihr kleines Mädchen im Arm halten und glücklich in die Kamera lächeln. Auf die Rückseite des Fotos hat jemand mit einem andersfarbigen Kugelschreiber ein Kreuz hinter die zwei Namen gekritzelt.

Diese Geschichte, also ihre eigene, ist schon ganz schön heftig. Zu verdauen, dass sie selbst einen Unfall überlebt hat, bei dem ihre Eltern gestorben sind, wird wohl lange Zeit brauchen. Warum ausgerechnet sie überlebt hat – darauf wird sie sicher ihr Leben lang keine Antwort finden. Dennoch wird sie weiter Fragen stellen und immer wieder in ihrer Vergangenheit graben wollen.

Eigentlich bin ich auch so etwas wie eine Archäologin. Ich grabe eben in meiner Geschichte herum. Und wie die richtigen Archäologen muss ich dabei ganz behutsam sein. Ich will nichts zerstören, niemanden verletzen. *»Search for traces«* – Spurensuche.

Zärtlich streichelt sie über das Bild und klebt es dann mit ihrem Lieblingstape über den Schreibtisch, neben das Familienfoto aus dem letzten Urlaub, das sie und Systra, Renate und Carlo Pauli zeigt. Lotte. Ole. Systra. Renate. Carlo. Meine Familie ist heute um einiges gewachsen, traurig und schön zugleich.

Da klingelt es an der Tür. Das muss Sema sein!

Kommissar Sieberbeck hat seinen mächtigen Körper in eine Polizeiuniform gepresst und sogar die passende Mütze aufgezogen.

Und das, obwohl er sonst eher in Jeans und Mantel herumläuft. Ob er etwa dienstlich hier ist? Laura erschrickt fast ein wenig, als der Kommissar im Türrahmen auftaucht.

Dahinter steht der zierliche Polizist, den sie erst vor wenigen Stunden im unterirdischen Gewölbe gesehen hat: Es ist derjenige, der die Fotos gemacht und sich eher im Hintergrund gehalten hat.

»Wohnt hier eine Renate Pauli?« Sieberbeck klingt ziemlich unfreundlich. Er versucht, über Lauras Schulter einen Blick in die Wohnung zu erhaschen, und stellt seinen Fuß in die Tür. Befürchtet er etwa, dass sie ihm die Tür vor der Nase zuschlagen will? Das würde sie nie tun.

»Das ist meine Mutter«, antwortet Laura brav und zeigt in Richtung Küche.

»Wer ist denn an der Tür, Liebes?«, ruft da schon Renate Pauli. Mit ihrer gepunkteten Schürze und nassen Händen kommt sie gut aufgelegt näher. »Hallo, Herr Sieberbeck. Ich kann Ihnen gerade nicht die Hand geben, bin am Kochen!«, sagt sie. »Was gibt es denn?«

Erstaunt schaut sie jetzt von dem Polizisten zu ihrer Tochter und wieder zurück. So als sei Laura an dem seltsamen Besuch schuld. Doch diese zuckt nur ratlos mit den Schultern.

»Sind Sie das gewesen, die heute diesen Koffer beim Fundbüro abgegeben hat?«, fragt der dünne Polizist und hält der Mutter ein Foto unter die Nase, auf dem eindeutig Conchitas Reisekoffer zu sehen ist. Das ist ja ein Ding!

Renate Pauli nickt. »Ja, ich habe ihn auf unserem Speicher gefunden und dachte, vielleicht vermisst ihn jemand. Wieso?«

Sieberbeck räuspert sich. »Ich muss Sie bitten, mit aufs Präsidium zu kommen. Sie stehen unter dringendem Tatverdacht, in den Grabraub am Gereonswall verwickelt zu sein.«

Die Mutter scheint von dieser Aufforderung genauso überrumpelt wie ihre Tochter. Doch nach einer kurzen Schocksekunde lacht Renate Pauli plötzlich schallend los. »Der war gut, der Witz! Kurz habe ich gedacht, dass Sie es ernst meinen.«

Laura bleibt misstrauisch. Sieberbeck pflegt eigentlich keine Scherze zu machen, das ist nicht seine Art.

Plötzlich ertönen Schritte im Treppenhaus. Da hat es jemand richtig eilig und nimmt immer zwei Stufen auf einmal. Der kleine Polizist nimmt eine abwehrende Haltung ein, seine Hand verschwindet in seiner Jacke. Ob er da eine Pistole griffbereit hält?

Ein schwarzer Haarschopf taucht auf, und plötzlich steht Sema auch schon vor ihnen – auf dem Rücken trägt sie einen Rucksack mit ihrem Schlafsack. »Hallöchen! Was ist denn hier für eine Versammlung?«

Sie hat im Gegensatz zu den beiden Polizisten unfassbar gute Laune, wie es scheint. Die beiden Freundinnen begrüßen sich wie immer mit drei Küsschen auf die Wange.

Sema runzelt die Stirn. »Gibt es etwas zu feiern?«

Sieberbeck räuspert sich.

»Also, raus mit der Sprache«, sagt jetzt Lauras Mutter, und Laura hört einen leichten Anflug von Ärger in ihrer Stimme. »Was wollen Sie von mir?«

Inzwischen schaut auch der Vater neugierig aus seinem Arbeitszimmer heraus und hebt beim Anblick des Kommissars die Augenbrauen. Conchita wedelt erfreut mit dem Schwanz, als sie Carlo Pauli entdeckt. Die beiden kennen sich ja noch gar nicht. Systra schaut ziemlich verdutzt, als der Hund jetzt aufspringt und einfach wegläuft.

»In dem Koffer, den Sie abgegeben haben, haben wir einen echt antiken, reich verzierten Hundenapf, zwei unglaublich wertvolle Schüsseln und zweitausend Jahre alte Teller sicherstellen können. Es handelt sich um die verschollenen Grabbeigaben, Frau Pauli. Ich fordere Sie nun zum letzten Mal auf, mit zur Vernehmung zu kommen«, sagt Sieberbeck. Er hält plötzlich ein paar Handschellen in die Höhe. »Sonst …«

»Moment mal, was passiert denn hier? Meine Frau ist unschuldig!«, sagt Carlo Pauli erbost. »Wir haben es nicht nötig, irgendetwas zu stehlen.«

Systra fängt plötzlich an zu weinen. Es ist nicht ganz klar, ob sie zu ihrem Papa auf den Arm möchte oder ob sie sauer ist, dass Conchita aufgesprungen und weggerannt ist. Jetzt rächt es sich, dass die Kleine eigentlich längst im Land der Träume sein müsste. Sie schreit wie am Spieß, sodass sich Laura mit beiden Händen die Ohren zuhalten muss, und bekommt einen krebsroten Kopf.

»Ist schon gut, Carlo«, sagt Renate Pauli und lächelt milde. »Kein Problem, ich gebe gerne alles zu Protokoll, was ich weiß. Ich denke, es wird auch nicht allzu lange dauern.«

Sie wischt ihre Hände an der Schürze ab und bittet Laura darum, die Schleife hinten aufzubinden. »Ich muss mir nur noch meinen Mantel holen«, sagt sie dann zu den beiden Polizeibeamten.

Sema und Laura schauen sich verschwörerisch an. Die Mädchen scheinen im selben Moment das Gleiche zu denken, doch Laura spricht es als Erste aus. »Wenn das so ist, gehen wir natürlich mit!« Insgeheim hat sie ein ganz schlechtes Gewissen. Deshalb ergänzt sie jetzt: »Ich habe nämlich auch etwas dazu zu sagen.«

Genau genommen ist es nämlich an ihr, die Geschichte des Koffers zu erzählen. Und obwohl sie ja im Grunde gar nichts über diese ominöse »Tussi vom Eigelstein« weiß, die ihr vor wenigen Tagen ihren kleinen Hund samt Koffer anvertraut hat, weiß sie, dass sie selbst mit den spärlichen Informationen jetzt nicht mehr hinterm Berg halten darf.

21 Uhr, Polizeipräsidium Köln

»So schnell sieht man sich also wieder«, ruft Bolle freudestrahlend und winkt schon von Weitem, als er Laura und Sema über den langen Flur kommen sieht. Er sitzt offenbar schon länger mit seiner Freundin Maggi im Polizeipräsidium und wartet darauf, dass seine Vernehmung beginnt. Dann hat man ihn also sofort vorgeladen, kombiniert Laura. Die lassen ja nichts anbrennen.

Renate Pauli nimmt neben Maggi Troisdorf Platz, die einen

sehr müden Eindruck macht. Wahnsinn, was die Arme aber auch die letzten Tage durchmachen musste – ein Wechselbad der Gefühle.

Nach einer Weile stellen sich Laura und Sema etwas abseits, um die neuen Erkenntnisse des Tages austauschen zu können. Endlich! Laura kommt es so vor, als hätten sie sich seit Wochen nicht gesehen.

Nachdem Laura der Freundin den Ablauf der Pressekonferenz im Römisch-Germanischen Museum geschildert hat, erzählt sie ihr noch von Freddys Anfrage, die Unschuld von Georg Mister zu beweisen.

»Er ist sich ganz sicher, dass sein Vater nichts mit dem Diebstahl zu tun hat, und möchte, dass wir ihm helfen, das zu beweisen«, beendet sie ihren Bericht. »Ich finde, vorher müssten wir mit Herrn Mister mal persönlich sprechen, um das zu entscheiden, oder?«

Sema nickt. »Dann können wir ihn auch gleich fragen, ob ihm Fremde auf der Baustelle aufgefallen sind. Ralle hat noch mal bestätigt, dass seine Freunde in der Nacht von Mittwoch auf Donnerstag dort eine Gruppe Jugendlicher gesehen haben.«

Vielleicht stimmt das ja doch, überlegt Laura. Aber was hatten diese jungen Leute auf der Baustelle zu suchen? Party feiern? Bier trinken? Heimlich rauchen? Aber doch nicht im strömenden Regen!

Sema fährt fort, nachdem sie sich versichert hat, dass keiner in der Nähe steht und ihnen zuhören kann. »Eine Frau – Rosi – hat mir erzählt, dass diese Jugendlichen ganz in Schwarz gekleidet waren. Sie sollen zuerst über den Bauzaun geklettert sein und dann mit ihren Taschenlampen einige Zeit ihre Kreise gezogen haben, als suchten sie etwas. Später sind sie dann weggelaufen. Angeblich haben sie etwas Schweres transportiert. Das könnte ein Hinweis darauf sein, dass sie die Gebeine ausgegraben und mitgenommen haben.«

»Eine wichtige Beobachtung«, sagt Laura. »Auch wenn ich sie jetzt noch nicht wirklich einordnen kann.«

»In der Tat. Ralles Freunde wollen übrigens auf keinen Fall mit der Polizei zu tun haben. Ach ja, eine Information habe ich dir fast unterschlagen«, sagt Sema, und ihre Wangen glühen vor Eifer. »Rosi erzählte noch, dass einer von den Jugendlichen einen Aufnäher von den Monsters of Dogs hinten auf seiner Jacke hatte. Das hat sie wohl von ihrem Schlafplatz vor dem türkischen Supermarkt genau sehen können.«

Wie Michi Mense! Laura erzählt Sema, dass ihr Erzfeind auch so einen Mantel mit Aufnäher besitzt. Und dass die blöde Marisa Mister, Freddys Schwester, ja sogar die Monsters-CD letztens aufgelegt hat, als die Bolzplatzbande zu Besuch war. Aber woher hätten Michi oder Marisa von dem Gräberfund wissen können?, fragen sich die Mädchen.

»Michis Onkel könnte die undichte Stelle sein. Er hat ja nicht nur das Foto von dem Grab in die Welt gepostet, sondern sicher auch seinem Neffen brühwarm von der Entdeckung erzählt. Es ist also nicht unmöglich, dass Michi als Erster von dem römischen Grab erfahren und dann mit seinen Freunden zugeschlagen hat.« Laura denkt laut und präzise. »Nur, zu welchem Zweck sollten die die Knochen entwendet haben?«

»Und warum befinden sich dann die Grabbeigaben in dem Koffer von Conchitas Frauchen? Das ergibt doch gar keinen Sinn!« Wo Sema recht hat, hat sie nun mal recht.

Sieberbeck, der sich zwischenzeitlich kurz zurückgezogen hat, um einen Snack einzuwerfen, wie er sagt, ruft jetzt Bolislav Fischer in den Vernehmungsraum 1. Bolle erhebt sich schwerfällig. Als Maggi sich ihm anschließen möchte, hält der Kommissar sie jedoch zurück. »Ich möchte allein mit ihm sprechen!«

Zum Glück, so beobachtet es Laura von der anderen Ecke des Ganges, ist Renate Pauli gleich zur Stelle, um die alte Frau zu trösten. Wenn das so weitergeht, werden die beiden noch richtig gute Freundinnen, freut sich Laura.

Derweil öffnet sich die Tür zu Vernehmungsraum 2. Laura und Sema staunen nicht schlecht, als da plötzlich Wladi und Kevin herauskommen.

Kevin hat seinen Laptop unter dem Arm und Wladi noch seinen alten Anorak an wie vorhin, als Laura ihn am Tor der Alten Feuerwache zurückgelassen hat. Zu Hause gewesen ist er also in der Zwischenzeit offenbar nicht. Die beiden Jungs scheinen ebenso überrascht zu sein, Laura und Sema so spät am Abend im Polizeipräsidium anzutreffen.

»Was macht ihr denn hier?«, fragt Kevin und fährt sich mit der Hand durch die blonden Haare, die dringend mal wieder ein Styling nötig hätten. So zerzaust läuft sonst nur Wladi rum.

»Das können wir euch genauso fragen«, entgegnet Sema kokett und schaut auf die Uhr. »Dachte, ihr liegt schon im Bettchen.«

»Haha«, sagt Wladi. »Wir doch nicht. Haben gemacht wichtige Aussage. Ich nämlich gefunden in Mülleimer von Wohnblock genau gleiche Spraydose wie in Bolles Werkstatt. Marke ›PAINTI‹ aus Kunstbedarf.«

»Und wer wohnt in Wladis Wohnblock?«, fragt Kevin.

»Michi Mense!« Sema und Laura haben die Antwort gleichzeitig ausgesprochen. »Alle Hinweise führen zu dem Fiesling. Wir sollten mit Sieberbeck und seinen Männern darüber reden. Die können ihn dann in aller Ruhe festnehmen. Vielleicht kommt er ja sogar zu seinem Vater in die Zelle.«

»Familienzusammenführung nennt man das«, macht sich Sema lustig.

»Inzwischen ist es tatsächlich erwiesen, dass beide Spraydosen ihm gehören. Die aus der Werkstatt und die aus dem Mülleimer am Neusser Wall«, ergänzt Kevin.

»Erwiesen durch was?«, hakt Laura nach. Auch wenn Michi ihr schon immer unsympathisch gewesen ist, wehrt sie sich jetzt gegen solche vorschnellen Behauptungen. Nur weil einer gern Wände bunt ansprüht und den ganzen Tag dumme Sprüche klopft, ist er noch lange kein Dieb.

»Durch Fingerabdrucke«, sagt Wladi.

Kevin fährt fort: »Es sind zwar nicht nur Michis Fingerabdrücke auf beiden Dosen drauf, sondern auch noch die von einer anderen Person. Aber da Michi bereits in der Verbrecherkartei registriert ist, hat man ihn sofort als Nutzer beider Dosen identifizieren können.«

»Ist er es also gewesen, der die Warnung ›Cave Canem‹ an die Wand gesprüht hat?« Laura kann es nicht fassen. Ist er es dann auch gewesen, der Bolle verschleppt und eingesperrt hat? Sicher nicht allein, denn das ist für einen so schmächtigen Jungen unmöglich.

»*Give me five*, Alter. Gute Arbeit«, grinst Kevin Wladi an.

»Eben brillante Teamwork!«, freut sich der tadschikische Junge über den Erfolg.

Da öffnet sich die Tür von Vernehmungsraum 3, und der fiese Polizist vom Nachmittag schaut heraus. Sollte etwa ausgerechnet der sie ins Verhör nehmen wollen?

»Keine Gespräche auf dem Flur«, lautet der Befehl. Dann bittet er Laura und Renate Pauli auf seine ganz speziell unfreundliche Art herein. »Und du bleibst draußen«, herrscht er Sema an.

Die aber scheint darüber nicht unbedingt traurig zu sein. Mit Kevin und Wladi ist sie ja gerade in bester Gesellschaft.

22 Uhr, in der Bahn Richtung Neusser Straße/Gürtel

In der U-Bahn auf dem Heimweg ist die Stimmung ausgelassen bis heiter. Renate Pauli sitzt mit Kevin, Wladi, Sema und Laura in der hintersten Reihe des letzten Waggons und kichert immer noch vor sich hin.

Die Fragen des Kommissars sind eigentlich schnell zu beantworten gewesen. Die meisten haben auf die Besitzerin des Koffers abgezielt, die jetzt zur Hauptverdächtigten im Fall »Römergrab« zählte.

Leider konnte selbst Laura, die ja nur einmal mit ihr gesprochen hatte, nicht viel über die »Tussi vom Eigelstein« sagen. Geschminkt sei sie gewesen, eine Netzstrumpfhose habe sie getragen, roten Lippenstift, und sie habe ein eher auffälliges Verhalten an den Tag gelegt – ein bisschen, als sei sie verrückt. Laura erinnert sich noch genau an die Worte von Conchitas Frauchen, als sie sie am Eigelstein getroffen hatte: »Ich fliege für eine Woche nach Italien und würde dir mein Hündchen anvertrauen. Ich spüre da *good vibrations, really.*«

Jetzt, wo Laura diese Geschichte auf der Heimfahrt noch mal für alle zum Besten gibt, fällt ihr selbst auf, wie seltsam das für Außenstehende klingen muss. Eine fremde Frau vertraut einem Mädchen ihren Schoßhund an und versteckt vorher wertvolle Grabbeigaben in einem Koffer voller Hunde-Leckerlis und -Zubehör. Ein besseres Versteck kann man sich eigentlich nicht ausdenken.

Wenn sie aber tatsächlich die Grabräuberin war, muss man sich doch fragen, wo sie denn dann das Skelett versteckt hat. Und wer überprüft überhaupt Michi und seine Freunde?

»Ich befürchte, Leute, wir können uns doch noch nicht faul zurücklehnen und uns auf die Polizeiermittlungen verlassen. Mir scheint, die Männer um Sieberbeck verfolgen eine falsche Spur«, fasst Laura ihre Meinung kurz und knapp zusammen. Ihre Freunde sehen das ganz ähnlich.

Die Bahn rauscht jetzt an der beleuchteten Lanxess Arena vorbei, die des Nachts noch viel gewaltiger wirkt als am Tag. Hier finden die großen Konzerte der Stadt statt, mehr als dreizehntausend Menschen passen in den riesigen Saal. Gefeierte Stars wie Justin Bieber, Sascha Grammel oder auch Mamas Lieblingsband Depeche Mode haben hier schon Auftritte gehabt. Laura ist mit dem Anblick der Arena groß geworden, doch drin ist sie noch nie gewesen. Die Leuchtreklame kündigt auch jetzt ein Konzert für den morgigen Abend an: die Monsters of Dogs.

»Habt ihr das gesehen?«, fragt Kevin aufgeregt in die Runde. »Die Monsters spielen morgen in Köln.«

Ihm ist es also auch aufgefallen.

»Da müssen wir hin! Wir müssen nur unsere Augen offen halten und schauen, welche von den Mantelträgern Michi um sich versammelt. Dann haben wir die ganze Gruppe.«

»Prima Idee!« Laura ist begeistert von dem Vorschlag. Notfalls wird sie die sicher teure Karte von ihrem Taschengeld bezahlen.

»Das kommt gar nicht in Frage«, sagt jedoch Renate Pauli streng. Laura schaut die Mutter an, die jetzt grinst. »Es sei denn, ich darf mitkommen!«

Da ist der Jubel natürlich groß.

»Ich habe mal gehört, dass die nur bei Vollmond auftreten«, sagt Sema, die eigentlich alles über jeden weiß, weil sie viele Zeitschriften, Klatschblätter und Zeitungen liest.

»Und morgen ist ja Vollmond!« Renate Pauli besitzt einen Mondkalender, nach dem sie sogar ihre Friseurgänge richtet. Während sich Carlo Pauli darüber immer lustig macht, behauptet sie steif und fest, der Mond könne das Wachstum ihrer Haare beeinflussen. So wie er sich ja auch auf den Schlaf der Menschen auswirke, was inzwischen erwiesen sei.

Laura muss sonst über die Mond-Gespräche immer herzlich lachen. Heute jedoch ist ihr ganz mulmig zumute. Hatte nicht Michi Mense die Drohung ausgesprochen, dass man den Hund bis Vollmond wieder begraben muss, um Schlimmeres zu verhindern? Was, wenn er damit recht behielte?

Die gute Stimmung ist plötzlich wie weggeblasen.

»Morgen gilt es, Leute!«, sagt Laura. Und sie streckt dabei die rechte Hand als Faust nach vorn. Alle anderen tun es ihr gleich, auch Renate Pauli ist bei dem Ritual dabei.

»POWER!«, rufen alle gleichzeitig, sodass sich die wenigen Fahrgäste im Wagen erstaunt herumdrehen. Und Laura hat das Gefühl, als durchströme sie eine unglaublich starke Kraft. Die wird sie morgen sicher auch gut brauchen können.

Dienstag, 11. Oktober

10 Uhr, Gereonswall

Die Mädchen werden von einem ziemlich hartnäckigen Telefonklingeln wach. Weil sie die halbe Nacht durchgequatscht haben, haben sie ausnahmsweise ganz schön lange gepennt.

Außer ihnen scheint keiner in der Wohnung zu sein, denn das Klingeln nimmt gar kein Ende. Selbst von Conchita ist nichts zu hören. Sicher haben die Eltern mit der kleinen Schwester die morgendliche Gassi-Runde übernommen – sehr gut, findet Laura. Sie nämlich muss sich erst einmal ausführlich strecken und ganz langsam in den Tag hineingleiten. Sie kommt sich vor, als hätte sie einen Gedanken-Kater von dem gestrigen Tag.

Als Laura noch ziemlich verschlafen in die Küche wankt, hört das Klingeln gerade auf, dafür springt der Anrufbeantworter an. »Hallo, hier ist Margit Troisdorf mit einer Nachricht für Laura und Sema. Wir wollen euch als Dankeschön für Bolles Rettung heute zum Brunch einladen. Außerdem gibt es noch eine Überraschung! Wir rechnen gegen zwölf Uhr mit euch. Sagt ihr den Jungs auch Bescheid? Wir hoffen, ihr habt Zeit! Tschüssi, Maggi.«

Wie nett! Selbstverständlich werden sie diese herzliche Einladung annehmen. Laura bekommt richtig Lust, sich schick anzuziehen und im Gesicht ein bisschen Farbe aufzulegen – wenn der Fall gelöst ist, wird sie sich vielleicht auch mal wieder auf eine ausgiebige Shoppingtour begeben müssen. Esma und ihre Freundinnen sollen nach den Ferien richtig blass vor Neid werden.

Sie schnappt sich ihr Handy und informiert Wladi und Kevin über die Einladung zum Brunch. Die beiden schlafen sicher auch noch und würden die Nachricht erst später lesen.

Laura hüpft gut gelaunt ins Bad, wo Sema bereits vor dem Spiegel steht. »Sag mal, seit wann hast du denn so viele Schminksachen?«, fragt diese überrascht. »Darf ich davon auch etwas benutzen?«

»Klar«, lächelt Laura. Wenn Sema wüsste, dass ihre zickige Cousine Esma eigentlich daran schuld ist, dass Laura ihre Mutter nach Wimperntusche und Lippenstiften gefragt hat, die sie nicht mehr braucht.

Während Sema sich mit ruhiger Hand einen Lidstrich zieht, ist Laura schon dabei, Rouge aufzutragen. Das Gesicht wird dadurch länger und schmaler. Aber auch schöner?

Sie setzt sich im Schneidersitz auf ihr Bett und wartet geduldig, bis die Freundin im Bad fertig ist. Sie vermisst Conchita schon jetzt, obwohl sie nur mal kurz Gassi gegangen ist. Wie würde das nur werden, wenn diese »Tussi« von ihrer Reise zurück wäre?

Ist heute nicht sogar Dienstag? Und hatte die Frau nicht davon gesprochen, dass sie sechs Tage verreist sein würde? Das würde ja bedeuten, dass sie heute zurückkäme. Oje.

Und noch etwas fällt Laura siedend heiß ein: Freddy wartet sicher gespannt auf ihre Antwort – sie wird nachher unbedingt mit Wladi und Kevin reden müssen. Sema jedenfalls hat sich dafür ausgesprochen, die Karten ganz ehrlich auf den Tisch zu legen, was den Fall »Römergrab« angeht. Freddy wird sicher dankbar sein, wenn sie ihm gegenüber mit offenen Karten spielen.

12 Uhr, Blumenthalstraße

Gemeinsam mit Conchita machen sich die Mädchen dann tatsächlich erst gegen Mittag auf den Weg zu Maggi Troisdorf. Der kleine Hund kennt den Weg inzwischen auswendig und zieht Laura an der Leine voran, so als wisse er um die leichte Verspätung und billige sie nicht. Doch Kevin und Wladi werden sicher auch nicht pünktlich sein – Ferienmodus eben.

In Windeseile haben sie den Ebertplatz überquert und biegen kurz hinter der Agneskirche in die schicke Blumenthalstraße ein. In Laura steigt die Vorfreude, und sie ist gespannt wie ein Flitzebogen. Maggi hat eine Überraschung angekündigt.

»Ich finde deine Mutter echt cool«, sagt Sema, als sie schon kurz vorm Ziel sind.

Laura freut sich aufrichtig über dieses Kompliment. Sie hat Sema natürlich nachts noch von ihrer Adoption erzählt. Die hat es erst gar nicht fassen können. Doch als Laura ihr den Inhalt der Fotokiste gezeigt hat, hat auch sie ein paar Tränchen verdrücken müssen. »Tja, obwohl sie gar nicht meine richtige Mutter ist, sind wir uns in vielen Dingen sehr ähnlich«, antwortet sie stolz.

»Dass sie uns gestern bei den Ermittlungen geholfen hat, das war echt klasse, fand ich. Und wie mutig sie diesem unfreundlichen Kommissar gegenübergetreten ist – für mich ein toller Moment!«

Die Mädchen sind in Hochstimmung. Der Pudel ebenfalls. Schon dreimal hat er sein Beinchen gehoben, zweimal ein Häufchen gemacht – jetzt hechelt er glücklich vor sich hin.

Vor Maggis Haus bleiben sie wie angewurzelt stehen.

»Was ist denn das?« Sema bückt sich, und Laura kann den kleinen Hund gerade noch davon abhalten, an dem seltsamen Zeugs zu schnuppern, das hier auf der ganzen Treppenstufe verteilt herumliegt und ziemlich stinkt. »Bäääh, ist das eklig.«

Laura bückt sich ebenfalls, weicht dann jedoch schnell zurück. »Das sind Innereien, also Herz, Leber und Niere. So etwas habe ich schon mal beim Metzger in der Auslage gesehen. Igitt!«

»Schau mal hier«, sagt Sema und zeigt mit zitterndem Finger auf die Hauswand daneben.

Riesig große Buchstaben tanzen vor Lauras Nase herum, es dauert eine Weile, bis ihr Blick einen Fokus gefunden hat. Jetzt liest sie langsam und laut vor, was da steht:

CAVE CANEM

»Warnung vor dem Hund«, flüstert sie. Warum ausgerechnet hier? Laura sieht sich um. Weit und breit ist niemand Verdächtiges zu sehen.

Sema fährt mit dem Finger über die schwarze Schrift. Das Graffiti muss schon vor einer ganzen Weile angebracht worden sein, denn die Farbe ist fast trocken. Dennoch hat sie jetzt schwarze Flecken am Finger – genau wie Michi Mense letztens, fällt es Laura wie Schuppen von den Augen. Ein Hinweis, dass er kurz vor ihrem Treffen am Donnerstag noch selbst als Sprayer unterwegs gewesen sein muss.

»Wir müssen das wegräumen. So, dass Maggi und Bolle es nicht sehen. Die alten Leute würde das zu sehr belasten«, sagt Laura und überlegt, wie sie das überhaupt anstellen kann – so ganz ohne Lappen und Wassereimer oder wenigstens einen Besen.

»Da vermutet offenbar immer noch jemand, dass Bolle den toten Hund aus seinem Grab geholt hat. Das ist als Warnung zu verstehen«, vermutet Sema. »Die hören einfach nicht auf, bis das Skelett wieder in der Erde liegt!«

Sie schiebt die roten, glitschigen Organe mit dem Fuß beiseite, buddelt ein kleines Loch im Vorgarten und kickt die ekligen Teile da rein. Beide Mädchen bemühen sich jetzt gemeinsam, Erde darüber zu häufen. Ekelhafter geht es kaum, findet Laura. Gut, dass Conchita wenigstens brav sitzen bleibt und sich nicht darüber hergemacht hat.

»Meinst du, Michi Mense steckt dahinter?«, fragt Laura.

»Gut möglich!« Sema zuckt mit den Schultern.

»Hallo, ihr beiden! Toll, dass ihr da seid«, begrüßt Maggi die Mädchen, als sie dann endlich oben im zweiten Stock vor der Tür ankommen. Laura hat sich vorgenommen, sich vom Leber-Nieren-Spektakel nichts anmerken zu lassen. Und sie versucht, wieder ihr Gute-Laune-Gefühl von heute Morgen hervorzuholen. Durch Maggis Strahlen will ihr das auch fast gelingen.

Ein Blick ins Wohnzimmer genügt, um zu sehen, dass sie nicht die Ersten sind. Kevin und Wladi sitzen schon brav an der gedeckten Tafel und haben sich Berge von Rührei und Mettbrötchen auf den Teller geschaufelt.

»Hi!«, sagt Wladi.

Laura ist sich nicht sicher, ob er nicht schon heimlich genascht hat. Seine Backen sind jedenfalls verdächtig ausgebeult.

Sie stellt Conchita, die immer Richtung Küche schaut und auffallend unruhig ist, eine Schale Wasser hin und nimmt dann ebenfalls am Tisch Platz, gleich neben Sema. Jetzt sind wohl alle komplett. Und die Überraschung?

Maggi hat sich heute wirklich ungewöhnlich schick gemacht. Ihre grauen Haare hat sie hochgesteckt, die durchdringenden blauen Augen passen perfekt zu dem kornblumenblauen Kleid.

Auch Bolle trägt seinen feinen Anzug und hat die spärlichen Haare zur Seite gekämmt. Er steht auf, holt noch mal Luft, und mit zittriger Stimme sagt er: »Ihr Lieben, ich heiße euch auch im Namen von Maggi herzlich willkommen zu unserem Verlobungsbrunch. Ich habe gestern – mit leichter Verspätung – meiner Traumfrau Maggi einen Heiratsantrag gemacht, der«, Bolle schaut der Frau an seiner Seite nun tief in die Augen, »auch bewilligt wurde. Das wollen wir mit euch feiern. Denn ihr seid ganz besondere Menschen für uns. Und wie es aussieht«, jetzt seufzt er noch viel tiefer als eben, »habt ihr mir sogar das Leben gerettet!«

»Wie süß«, rutscht es Maggi raus, und sie drückt ihm einen dicken Kuss auf die Backe. »Ich habe sehr gerne Ja gesagt!«

»Herzlichen Glückwunsch«, sagt Laura gerührt.

»Dürfen wir denn jetzt zuschlagen?«, fragt Kevin ungeduldig. Er hat wohl heute noch nicht mal gefrühstückt. Und der Romantischste in der Bande ist er sowieso nicht.

Da ertönt plötzlich ein spitzer Schrei aus der Küche. Laura schreckt zusammen. Sie fragt sich, wer das sein kann, wo sich doch alle hier im Raum befinden. Da Maggi aber ganz ruhig bleibt, besteht wohl kein Grund zur Panik. Vielleicht hat sie ja eine Köchin gebucht, die im Laufe des Tages weitere leckere Dinge für sie zaubern wird.

»Eine kleine Überraschung haben wir allerdings noch für euch«, freut sich Maggi über die erstaunten Gesichter. »Bolle hat eine gute Freundin eingeladen, die unsere Trauzeugin wird. Und sie ist spontan den weiten Weg aus Italien gekommen, um diesen wichtigen Tag mit uns zu begehen. Ich habe sie gerade kennengelernt und bin ganz verzaubert.«

Die Tür zur Küche öffnet sich, und Laura sieht und riecht erst mal nur Feuerwerk. Auf den zweiten Blick kann sie im Kerzendunst eine Frau erkennen, die auf beiden Händen eine Torte balanciert, die mit einigen kleinen und großen Kerzen ausgestattet ist. Ein Hochzeitspaar aus Marzipan, das sich an den Händen hält, steht auf der zweiten Etage des Kuchens und lächelt sich verliebt an.

Der Kuchen landet behutsam mitten auf dem Tisch, und alle starren jetzt den Überraschungsgast an, der hinter dem riesigen Monstrum aus Sahne auftaucht: rote Lippen, eine aufgetürmte Frisur, die sogar ein bisschen an die Form der Torte erinnert, und darunter lange, schlanke Beine in Netzstrumpfhosen.

Während Conchita sofort wie verrückt zu kläffen beginnt und vor Freude wild mit dem Schwanz wedelt, begrüßt die Frau alle Lebewesen im Raum mit einem schrillen: »Hallihallo *everybody*!«

Laura erkennt die Stimme sofort. Maggi und Bolle haben doch tatsächlich die »Tussi vom Eigelstein« zum Brunch eingeladen. Die soll als Trauzeugin dabei sein, wenn Bolle und Maggi heiraten?

Als Conchita an ihrem Frauchen hochspringt und ihr vor Wiedersehensfreude das Gesicht ableckt, ist Laura schlagartig satt. Ob die »Tussi« überhaupt weiß, dass sie von der Polizei gesucht wird? Hat die denn keiner vorgewarnt?

»Darf ich vorstellen?«, ruft Bolle voller Freude. »Das ist meine alte Freundin Agnes Bechtholdt, unsere Trauzeugin.« Er wendet sich ihr zu. »Ich wusste gar nicht, dass du einen Hund hast, Agnes.«

Laura ist der Appetit gründlich vergangen. Mit dieser Art Überraschung hat sie nun wirklich nicht gerechnet. Nicht genug, dass Conchita seit einer Stunde auf dem Schoß ihres Frauchens sitzt, die den Pudel mit Schinkenröllchen füttert und Laura überhaupt nicht mehr beachtet. Das Schlimmste ist eigentlich, dass keiner im Raum bisher auch nur die kleinste Bemerkung darüber verloren hat, dass Agnes Bechtholdt zurzeit die meistgesuchte Frau in Köln ist. Laura ist wohl die Einzige, die hier in diesem Verlobungstaumel einen klaren Kopf bewahrt.

Ahnt denn wirklich niemand, dass die Besitzerin des pinken Koffers, der altrömische Grabbeigaben enthielt, mit diesem Überraschungsgast hier identisch ist?

Während sich alle den Bauch vollschlagen und sich über Agnes Bechtholdts Witze kaputtlachen, wird Laura immer stiller. Doch dann fällt ihr Blick auf Sema, die die Augen zu Schlitzen zusammengekniffen und die Stirn gekräuselt hat. So sieht sie aus, wenn sie angestrengt nachdenkt – jetzt weiß Laura, dass sie nicht allein mit ihrem Wissen ist. Sema, die Bechtholdts Buch gelesen hat, fragt sich sicher, wie die Wissenschaftlerin an den Fund auf der Baustelle gekommen ist.

Ausgerechnet jetzt kommt Bechtholdt auf Laura zu – und sie strahlt über das ganze Gesicht. »Herrlich, wieder zu Hause zu sein. Und dir, Laura, danke, dass du dich so rührend um Conchita gekümmert hast.« Der rote Mund lächelt immer noch.

Die Frau hält Laura einen großen Umschlag aus teurem Büttenpapier vor die Nase. »Hier ein kleines Dankeschön für deine Mühe. Ich hoffe, ich habe deinen Geschmack getroffen. Hab mich von einem Mädchen in deinem Alter beraten lassen, was dir so gefallen könnte!«

Laura ist baff. Sie starrt auf den Umschlag, ohne ihn zu öffnen. Sie schaut sich die ganze Tischgesellschaft an, die ihr gerade total absurd vorkommt. Checken die denn nicht, was hier gespielt wird?

»Ja, so ist sie, unsere Agnes. Sie hat ein großes Herz, sie denkt immer an alle. Wir könnten uns keine bessere Trauzeugin für unsere Hochzeit wünschen, nicht wahr, Maggi?« Bolle streichelt die Hand seiner Verlobten und wendet sich dann wieder dem Überraschungsgast zu.

»Wie war es eigentlich in Italien, meine Liebe?« Bolle schenkt allen Erwachsenen noch ein bisschen Sekt nach. »Rom, nicht wahr?«

»Erfolgreich. Das kann man nicht anders sagen.« Agnes Bechtholdt lächelt geheimnisvoll. »Ich war ja auf dieser Spezialtagung in Rom zum Thema ›Kind und Hund im alten Rom‹ und konnte da exklusiv vom neuesten Sensationsfund in Köln berichten. Es war ein bewegender Moment, als ich diese zweitausend Jahre alten Knochen erstmals der Öffentlichkeit vorführen konnte. Ich denke, das könnte mein Durchbruch als Wissenschaftlerin gewesen sein.«

Sie nippt am Sekt. Erst dann merkt sie, dass Bolles Gesicht plötzlich wie versteinert wirkt. »Was ist denn?«, flötet sie, leicht unsicher. »Hab ich was Falsches gesagt?«

»*Du* hast den Hund aus dem Grab gestohlen? Du bist das gewesen?« Maggis Gesicht sieht plötzlich gar nicht mehr glücklich aus. »Entsetzt« wäre der richtige Ausdruck. Und auch Wladi und Kevin starren die Frau jetzt an, als wäre sie ein Geist.

»Krass, Alter«, murmelt Kevin, der inzwischen auch kapiert hat, um wen es sich hier handelt. Sema schaut Laura fragend an. Und Laura nickt.

»Gestohlen ist wohl der falsche Ausdruck. Eine unbewachte Fundstelle eines liebevoll bestatteten Haushundes aus dem 2. Jahrhundert nach Christus, um die ich mich gekümmert habe. Als mir dieser Bauarbeiter am Telefon davon erzählte, bin ich natürlich sofort losgedüst. Ich habe den Wauwau liebevoll und nach allen Regeln der Kunst aus dem Boden befreit und in einer eigens dafür entwickelten Transportbox nach Rom gebracht. Jetzt – nach meinem furiosen Vortrag – werde ich ihn gönnerhaft dem Römisch-Germanischen Museum überlassen«, triumphiert Bechtholdt, »sofern sie mir dort eine Stelle anbieten. Aber davon gehe ich aus!«

»Moment mal«, unterbricht Laura ihren schwungvollen Vortrag. »Die Knochen gehören ja gar nicht Ihnen. Sie gehören auch nicht dem, der sie findet. Soviel ich weiß, sind sie Eigentum der

Stadt Köln. Sie können das Skelett also nicht einfach ausgraben und mit nach Rom nehmen.«

»Das ist nicht ganz richtig, Kleine. Der Besitzer des Stückchen Lands, auf dem der Hund gefunden wurde, darf da ja auch noch ein Wörtchen mitreden. Und der – ein Immobilien-Millionär aus Mallorca – hat mir am Telefon bestätigt, dass er froh ist, wenn das Ding von seinem Grund und Boden verschwindet.« Sie kichert. »Der müsste nämlich sonst einen Teil der Ausgrabung bezahlen. Ich habe das gerne gratis für ihn erledigt.«

Laura kann es gar nicht fassen, dass jemand wie Bechtholdt so unbehelligt mit so einem Schatz durch die halbe Welt fliegen kann. Hat denn niemand ihr Gepäck überprüft? »Wollen Sie damit etwa sagen, dass Sie immer noch im Besitz des Hundes sind?«

»Klar. Hab ich unten im Auto.« Sie lacht, als sie Lauras verwunderten Blick sieht. »Keine Sorge. Er ist in Sicherheit. Bringe ich gleich morgen früh ins Museum. Mal sehen, wie man mich empfängt. Leister wird nicht sehr erbaut sein, weil er ja noch an der alten Wachhund-Theorie festhält. Wenn man ihm Glauben schenken darf, hat es im alten Rom nur reißende Bestien und aggressive Monster gegeben. Der Kölner Hund vom Gereonswall beweist, dass die Menschen schon damals ihre Tiere über alles geliebt haben.«

Da stoßen also zwei Forschermeinungen aufeinander, die nicht zueinander passen. Jetzt kapiert auch Laura langsam, dass es sich um den Streit zweier Wissenschaftler handelt. Und jeder beansprucht das Römergrab irgendwie für sich. Bechtholdt ist in dem Fall einfach schneller gewesen. Doch warum hat sie die Grabbeigaben nicht auch mit nach Rom genommen?, fragt sich Laura.

Als könnte sie Gedanken lesen, beantwortet Agnes Bechtholdt jetzt genau diese Frage.

»Ich brauchte einen weiteren Trumpf. Hätte Leister den Fund offiziell angezweifelt, hätte ich all die liebevoll angefertigten Hundenäpfe und -teller ins Feld führen können. Leister und ich sind schon lange Feinde. Und ich weiß, dass der zu allem fähig ist.« Die »Tussi« lacht irre.

»Letztlich hatte ich mich nämlich auch auf die stellvertretende Direktorenstelle beworben, und er hat sie mir vor der Nase weggeschnappt.« Sie streichelt Conchita liebevoll, und die lässt sich das gefallen. »Aber in Rom habe ich seinen Chef Konrad Labermann überzeugt. Er geht nächstes Jahr in Rente und braucht eine Nachfolge. Dreimal dürft ihr raten, wen er vorschlagen möchte.«

Bolle schüttelt den Kopf, als könne er das Ganze nicht glauben. »Ich kann es gar nicht fassen, Agnes. Ich selbst habe in der Nacht die Baustelle bewacht. Ich habe mich doch noch bei Wladi und bei dir gemeldet und euch beide nicht erreicht. Kurz darauf wurde ich zusammengeschlagen, gerade als ich meinen nächsten Rundgang antreten wollte.«

»Ich wage es kaum auszusprechen, Agnes, aber bist du es etwa gewesen, die …?« Maggi ist den Tränen nah. Laura tun die beiden jetzt so richtig leid. Sie hätten doch nach all dem Trubel eine schönere Feier verdient.

»Wie bitte?« Agnes Bechtholdt springt auf. Entsetzen spiegelt sich in ihrem Gesicht. »Das traust du mir zu? Bolle, ich schwöre, dass es auf dem Gelände grabesstill gewesen ist. Nur in dem Baustellenhäuschen war noch Licht. Da haben sich zwei Männer lautstark unterhalten. Und später, als ich mich auf den Heimweg gemacht habe, sind mir einige schwarz gekleidete Jugendliche entgegengekommen. Sonst war die Stadt wie ausgestorben. Ich hatte freie Fahrt!«

Bolle schaut Wladi, Kevin, Sema und Laura der Reihe nach an. »In dem Baustellenhäuschen waren der Bauarbeiter Mense und ich. Wollte der mich ablenken? Dann habe ich versucht, euch anzurufen. Was danach war, daran kann ich mich nicht mehr erinnern. Kinder, ich brauche also doch noch mal eure Hilfe.«

Wladi nickt. »Ehrensache«, sagt er.

»Auch wenn wir jetzt wissen, wer das Grab leer geräumt hat, müssen wir noch herausfinden, wer Bolle niedergeschlagen und im Kellergewölbe der Alten Feuerwache versteckt gehalten hat. Stimmt's?«, formuliert Kevin den Auftrag.

»Power«, sagt Wladi. Aber es klingt diesmal nicht sehr überzeugend. Man merkt, dass seine Energie auf einem Tiefpunkt angekommen ist. Er ist eben gerade vollgegessen und unglaublich faul – insgeheim wünscht er sich sicher auch, einfach mal zu chillen und abzuhängen. Ferien für normale Kinder.

Der Fall ist noch längst nicht gelöst, denkt Laura. Die anderen ahnen ja noch nichts von den ekligen Innereien, die jemand heute Morgen auf Maggis Treppenabsatz verteilt hat.

Eine neue Warnung ist ausgerechnet hier aufgetaucht, wo sich Agnes Bechtholdt aufhält – die Frau, die mit dem toten Hund auf Reisen ging. Was, wenn die Warnung vor dem Hund also eigentlich auf sie gemünzt ist? Ist dann vielleicht sie, die »Tussi vom Eigelstein«, die alle nur für eine oberflächliche und überschminkte Nervensäge halten, jetzt in großer Gefahr? Würde sich der Geist des Hundes etwa an ihr rächen wollen? Doch das hat sie sich nun wirklich selbst eingebrockt. Laura merkt, dass sich ihr Mitleid in Grenzen hält.

Sie spürt, wie ihre Augen von der Wimperntusche anfangen zu brennen. Sie hat das dringende Bedürfnis, ins Bad zu gehen und sich die ganze Schminke vom Gesicht zu reiben. Doch ihr Blick fällt auf den Umschlag, den diese Agnes Bechtholdt ihr vor die Nase gelegt hat. »Zum Dank für Laura. Mach dir einen schönen Abend mit Freunden«, steht auf dem Kuvert. Eigentlich eine unglaublich nette Geste.

»Soll ich ihn für dich öffnen?«, fragt Sema. Laura nickt.

Sie hört, wie Sema mit ihrem Brötchenmesser das Kuvert aufschneidet und hineinschaut. Derweil lässt Laura die Wissenschaftlerin nicht aus den Augen, die wie ein gehetztes Reh schaut. Immer in Habachtstellung.

Laura vernimmt jetzt ein erstauntes und – ja – hocherfreutes »Oho!«. Und als sie sieht, was Sema da in der Hand hält, kann sie es gar nicht fassen. »Es sind vier Karten für das Konzert der Monsters of Dogs heute Abend in der Lanxess Arena.«

»Hammer«, bemerkt Wladi.

»Was zieh ich da nur an? Schwarz macht mich immer so blass«, feixt Kevin.

Laura nimmt die Karten und gibt sie der feinen Dame zurück. »Ich nehme das Dankeschön nur an, wenn Sie sich noch heute bei der Polizei melden, bevor die noch mehr Unschuldige ins Polizeipräsidium zum Verhör bestellen.«

Die Stimmung scheint zum Zerreißen gespannt – wie wird die Frau reagieren, die offenbar nur ihre eigenen Interessen verfolgt hatte, ohne die Folgen zu berücksichtigen?

»Ich will, dass Sie Ihre Aussage machen und sich selbst anzeigen. Und ich denke, ich spreche da im Namen von allen, die hier im Raum sind!«

Bolle nickt unmerklich. Und auch Maggi schaut ihre Trauzeugin mit durchdringendem Blick an.

»Ist recht. Ich werde mich gleich morgen früh bei der Polizei melden. Okay?« Der rote Mund verzieht sich zu einer Fratze, die geschminkten Augen füllen sich mit Tränen, und die lackierten Fingernägel fahren nervös durch die Hochsteckfrisur.

Meint sie es wirklich ernst?

»Wie wär's mit jetzt gleich?«, sagt Laura streng und hält der Frau ihr Handy entgegen. »Kleiner Tipp: Wenden Sie sich lieber an Sieberbeck und nicht an Kommissar Sauerbier. Der hat immer schlechte Laune!«

20 Uhr, Lanxess Arena

Dass die Bolzplatzbande mal offiziell mit Kommissar Sieberbeck gemeinsame Sache macht, ist für Laura eine Sensation. Doch nachdem sich Agnes Bechtholdt bei ihm tatsächlich selbst angezeigt hat, hat sich der Kommissar bei den jungen Detektiven für ihre Mitarbeit herzlich bedankt. Ganz überraschend.

»Wir von der Polizei wären bezüglich der Frage, wer der

ominöse Grabräuber ist, sicher noch einige Zeit im Dunkeln getappt«, hat er zugegeben und sich auch noch mal in aller Form bei Renate Pauli für die rabiate Vorladung aufs Präsidium entschuldigt. »Aber die ganze Sache ist auch ganz schön verworren. Ich gebe zu, eine Weile hatten wir jemand … äh anderen im Fokus.«

Wegen des schweren Diebstahls, da ist er sich sicher, wird die ehrgeizige Wissenschaftlerin ganz sicher nicht um Gefängnis oder eine hohe Geldstrafe herumkommen. Obwohl sie die Knochen erstaunlich fachkundig geborgen hat – gelernt ist gelernt –, wird sie den Job im Museum vergessen können. Laura tut die »Tussi vom Eigelstein« überhaupt nicht leid. Durch die ganze Aktion bringt sie ja sogar Conchita in Schwierigkeiten. Doch sollte ihr Frauchen wirklich ins Gefängnis müssen, wird Laura für die Kleine gern da sein.

»Jetzt wollen wir aber noch unseren jugendlichen Sprayern auf den Zahn fühlen«, hat Sieberbeck abschließend angekündigt, bevor er auflegte. »Am liebsten mit euch Hand in Hand, seid ihr dabei?«

Was für ein Angebot! Das hat Laura im Auftrag ihrer Freunde nicht ausschlagen können. So hält sie jetzt in der riesigen Lanxess Arena nicht nur nach Michi und seinen Freunden Ausschau, sondern auch nach dem Kommissar, der für seine Sonderkommission ebenfalls Konzertkarten für das Dark-Metal-Konzert besorgt hat.

Dass es sich bei den Sprayern um dieselben Jugendlichen handeln muss, die nachts auch auf der Baustelle waren, ist inzwischen recht sicher. Diese Rosi, eine Freundin von Ralle, hatte ja auf einer Jacke einen Aufnäher der Band entdeckt und auf einem Spaten, mit dem die Täter Bolle niedergeschlagen und den sie dann achtlos weggeworfen hatten, fanden sich die gleichen Fingerabdrücke wie auf den Farbdosen: die von Michi Mense und einem oder einer Unbekannten.

Laura hat noch nie im Leben so viele schwarze Kutten und Mäntel auf einem Haufen gesehen. In der Eingangshalle zur

Lanxess Arena tummeln sich Tausende Fans der Band Monsters of Dogs, und fast alle sehen – in Lauras Augen – irgendwie gleich aus. Manche stehen in der langen Schlange am Merchandising-Stand, um sich einen schwarzen Kapuzenpulli zu kaufen oder die neue CD der Band. Andere vertreiben sich irgendwie die Zeit und warten darauf, dass es endlich losgeht.

»Kann ich euch eine Cola ausgeben?«, fragt Renate Pauli in die Runde. Für sie hat es gut gepasst, dass Sema heute keinen Ausgang bekommen hat. Und da es dem Mädchen egal gewesen ist, wer die Karte geschenkt bekommt, hat Laura sie ihrer Mutter gegeben.

Sema hatte eh lieber in der Einsatzzentrale bleiben wollen. Außerdem müsse sie noch eine Recherche anstellen, die Zeit brauche. Und sowieso stehe sie einfach nicht auf diese schräge, laute Musik.

»Ich frage mich, wie wir hier jemanden finden sollen. Michi Mense unter diesen zehntausend Fans zu treffen ist wie die Nadel im Heuhaufen zu suchen«, mault Kevin.

Laura schlägt vor, dass immer zwei in verschiedene Richtungen ausströmen. »Schließlich müssen wir auch nach Sieberbeck schauen, der wohl mit ziemlich vielen Leuten angerückt ist – alle natürlich als Metal-Fans verkleidet.«

Bei der Vorstellung muss Laura jetzt laut lachen. Zuerst hat sie sich gefragt, warum die Festnahme der Sprayer auf diesem Konzert erfolgen muss und nicht an einem überschaubareren Ort, zum Beispiel in Michis Fitness-Studio oder eben bei ihm zu Hause, in der Wohnung seines Onkels. Inzwischen hat sie aber verstanden, dass der Kommissar nicht nur einen, sondern alle Mittäter auf einen Schlag schnappen möchte. Die Rede ist immer von mindestens vier jungen Leuten gewesen, die sich nachts auf der Baustelle herumgetrieben haben – Michi Mense ist also kein Einzeltäter.

»Hier rumstehen und Leute gucken bringen nix«, meint jetzt auch Wladi. »Ich habe bessere Idee.«

»Da bin ich ja mal gespannt.« Laura nimmt die Cola entgegen, die ihre Mutter besorgt hat, und rührt mit dem Strohhalm im Eis herum. Das ist eher Eis mit Cola statt Cola mit Eis.

Auch wenn Laura es nicht gleich zugegeben hat, hat sie sich natürlich sehr über die Konzertkarten als Dankeschön fürs Hundesitting gefreut. Agnes Bechtholdt muss ein Vermögen dafür ausgegeben haben, denn allein eine Karte kostet mindestens sechzig Euro im Vorverkauf. Zwar kann Laura mit der Art der Musik so gar nichts anfangen, aber sie fühlt, dass sie hier gerade zur richtigen Zeit am richtigen Ort ist. Sollte die Geschichte mit den Jugendlichen stimmen, die nachts auf der Baustelle über Bolle hergefallen sind, befinden sich diese hier in der Arena.

»Was meinst du, wollen wir hoch auf die Tribüne, Laura? Ich denke, wenn wir von oben runterschauen, haben wir einen besseren Überblick«, schlägt Renate Pauli vor. Man merkt ihr an, wie sie sich vor einigen Typen gruselt, die allzu düster aussehen. Manche sind nicht nur an den Armen, sondern auch im ganzen Gesicht und am Hals tätowiert. Was noch lange nicht heißt, dass die Leute darunter nicht nett sind.

»Okay«, sagt Laura und meint kurz, Kommissar Sauerbier in einer schwarzen Kutte entdeckt zu haben. Doch da kann sie sich auch getäuscht haben.

Laura und ihre Mutter werden am Eingang von der aufgeregten Menschenmenge in den großen Saal gedrängt, ohne dass sie etwas dagegen tun können. Es ist so, als saugte die riesige Halle die Menschen auf wie ein nasser Schwamm. Jedenfalls beeindruckend zu sehen, wie viele Menschen hier das Gleiche tun.

Applaus brandet auf, denn jetzt kommen fünf Männer mit langen Haaren und schwarzen Lederhosen auf die Bühne. Die Monsters of Dogs! Eigentlich nicht besonders spektakulär, findet Laura.

Wegen ihrer Körpergröße ist sie froh, dass das Konzert auf große Leinwände übertragen wird. Ab und zu schwenkt die Kamera von den Musikern runter ins Publikum und nimmt sich immer mal ein paar Fans vor die Linse. Wahnsinn, wie die

Leute hier abgehen. Viele kennen die Lieder offenbar komplett auswendig.

Erst jetzt sieht Laura, wie sich in der Höhe auf einem Kran mit Plattform ein Junge an den Kameras zu schaffen macht. Das ist doch Wladi! Der Junge aus Tadschikistan ist wirklich immer für Überraschungen gut. Er hat den Kameramann bestimmt überreden können, selbst mal durch die Linse schauen zu dürfen. Eine super Idee, denn von dort oben kann er jedes Gesicht im Publikum fokussieren, ohne dass es auffällt.

Auf den unteren Rängen kann Laura einen großen, schwerfälligen Mann im hellen Mantel erkennen. Kommissar Sieberbeck! Auch er hat Wladis Taktik durchschaut und starrt immer wieder auf die große Leinwand.

»Ganz schön laut hier«, brüllt Renate Pauli ihrer Tochter ins Ohr.

Während die Band auf der Bühne den »Moonshine Song« als drittes Stück ankündigt, fokussiert Wladi mit der Kamera ein großes, bleiches Jungengesicht: große Ohren, Strubbelhaare und ein dümmliches Grinsen. Ohne Zweifel steht Michi Mense ganz vorn in erster Reihe – eingerahmt von drei anderen, die Laura erst einmal nur von hinten sehen kann.

Von der Tribüne herunter beobachtet sie, wie sich Sieberbeck – gut zu erkennen als weißer Fleck inmitten von schwarzen Metal-Fans – einen Weg durch die Menge bahnt. Fast ist er vorne angekommen, da sieht man auf der riesigen Leinwand ein weiteres bekanntes Gesicht. Wladi hat Marisa Mister vor die Linse bekommen. Sie streckt gerade die Zunge heraus und scheint sich die Seele aus dem Leib zu brüllen.

Moment mal, hat Laura das gerade richtig gesehen? Die beiden – Michi Mense und Marisa Mister – halten Händchen? Wer hätte gedacht, dass sie auch noch ein Paar sind!

Wladi filmt jetzt mit ruhiger Hand weiter die erste Reihe ab: Marisa steht neben Michi, dieser flüstert gerade dem dicken Gunther etwas ins Ohr, der wiederum hat seinen wurstigen Arm um eine zierliche Person gelegt, die Laura sofort wiedererkennt: Es ist die zierliche Journalistin von gestern Morgen! Diejenige, die ihr geraten hat, dass sie die Finger von der Story lassen soll. Auch sie hatte vor dem Hund gewarnt, der sich an allen rächt, die seine letzte Ruhe stören.

Da sind ja die Richtigen zusammen, feixt Laura. Und ein Gefühl der Genugtuung durchflutet sie, als sie sieht, wie zehn Typen in schwarzen Kutten die vier von hinten einkesseln und offenbar einem stillen Kommando Sieberbecks gehorchen: Marisa, Michi, Gunther und diese Journalistin werden in den Polizeigriff genommen und unter Protest aus der Halle getragen.

Das Beste: Keiner im Saal scheint davon etwas mitzubekommen, weil die Band alle Geräusche mit einem Höllenlärm überspielt. Keiner, außer der Bolzplatzbande.

»Mama?«

Seit Tagen hat Laura die Mutter nicht mehr so genannt. Das Gesicht der Frau, die das kleine Mädchen vor elf Jahren als ihr eigenes angenommen hat und es in Liebe großgezogen hat, hellt sich sichtlich auf. Glücklich sieht sie jetzt aus, die Mutter. Und ihre Augen glänzen unternehmungslustig. »Ja?«

»Lass uns gehen, ich glaube, wir haben unsere Aufgabe hier erfolgreich erledigt.« Laura hakt sich bei der Mutter ein.

»Keine Lust auf Monster-Hunde mehr?«

Gemeinsam kämpfen sich die beiden zum Ausgang zurück.

»Meinst du, wir müssen noch auf Wladi und Kevin warten?«, fragt Renate Pauli, die sichtlich erleichtert scheint, dass der Krach nun vorbei ist. Draußen hören sie die Musik nur noch gedämpft, so ist es einigermaßen auszuhalten.

»Nö, die kommen hier ganz gut alleine zurecht!«

Mittwoch, 12. Oktober

10 Uhr, Blücherpark

Heute ist freiwilliges Fußballtraining im Blücherpark. Für Laura endlich eine willkommene Abwechslung, um abzuschalten: weit weg von nervigen kleinen Schwestern, lautem Metal-Getöse, toten Hunden und allem Bösen dieser Welt.

»Gehirn lüften«, nennt Laura das, wenn sie sich auf dem waldigen Ascheplatz mitten in der Stadt so richtig austoben kann. Da stört sie auch der leichte Nieselregen nicht. Sie spielt bereits seit der zweiten Klasse bei »Forever Blücherpark«, einem Verein, der sicher das Zeug hätte, die Bunte Liga anzuführen – wenn die Kinder denn genug Tore schießen würden.

Marten, der Trainer, begrüßt heute wieder alle mit Handschlag. Er redet nicht viel, ist aber sehr beliebt, weil er alle Kinder so respektiert, wie sie nun mal sind: sehr verschieden. Jeder hat hier seine Stärken. Gemeinsam ist man stark, predigt der Trainer immer wieder. Das Gerücht, dass er im Blücherpark wohnt, hält sich unter den Kindern hartnäckig. Auch Laura hat ihn noch nie kommen oder wegfahren sehen. Und krank ist er auch noch nie gewesen. Vielleicht besitzt er ja oben im Schrebergarten eine kleine Laube? Mit einem riesigen Bälle-Bad?

»Hier rüber«, ruft Luis, ein Kleiner mit unglaublich flinken Beinen. Er wohnt in Bickendorf und geht erst in die fünfte Klasse.

»Hab was Interessantes rausgefunden«, sagt Sema zu Laura, als sie den Ball über den Platz treibt, einfach an dem kleinen Luis vorbei.

»Was denn?« Laura hält sich heute ganz bewusst in der Nähe der Freundin auf. Sie versucht so zu tun, als sei sie in Deckung. In Wirklichkeit will sie dringend herausfinden, was Sema ihr mitzuteilen hat.

»Ich hab gestern mal zu den Monsters of Dogs recherchiert.

Die machen nicht nur laute Musik, sondern haben auch ein paar echt krasse Texte.« Sema tritt mit Kraft gegen den Ball, Luis hat keine Chance, ihn zu erhaschen.

Dafür ist Wladi jetzt zur Stelle. »Danke!«, ruft er.

»Nämlich?«, fragt Laura.

»Ich hab mal ein paar Texte übersetzt. Titmouse-Hill wäre stolz auf mich. Die singen zum Beispiel davon, dass es Menschen übel ergeht, wenn sie die Totenruhe von Tieren nicht respektieren. Die armen Seelen kommen dann zu demjenigen und rächen sich. Voll krass!« Sema bleibt stehen, sie ist jetzt vollkommen aus der Puste.

Auch Laura macht halblang. »Klingt spooky!«

»Nicht wahr? Sie haben ganz viele Songs über untote Tiere geschrieben. Einer handelt von einer perfekten Vollmondnacht, in der sich eine Hundeseele in der Menschenwelt herumtreibt – immer auf der Suche nach demjenigen, der den Hund ausgebuddelt hat.«

Laura bekommt eine Gänsehaut. Obwohl sie an einen solchen Quatsch nicht glaubt, klingt es für sie nach diesem Fall gar nicht mehr ganz so abwegig.

Sema trippelt, um wieder in Stimmung zu kommen. Gerade treibt Wladi den Ball über den Ascheplatz, als hätte er einen Magnet im Stollenschuh. Er ist topfit. Obwohl er in den letzten Tagen sicher auch wenig Schlaf hatte. Auch er ignoriert Luis, der wie wild mit den Händen wedelt: »Hierher!«, und zieht einfach an ihm vorbei.

»Als Michi von seinem Onkel von dem Römergrab erfahren hat, muss er sofort seine Freunde mit den langen schwarzen Mänteln zusammengetrommelt haben«, fasst Sema die Geschehnisse zusammen.

Abpfiff. Laura hat doch tatsächlich verpasst, welche Mannschaft nun gerade beim Probetraining gewonnen hat. Ihre eigene? Die gegnerische?

»Dann müssen sie Bolle in dem Container gesehen haben, er hat – vielleicht mit dem Rücken zur Tür – seinen Tee getrunken, und sie hatten leichtes Spiel. Von hinten, so hat Bolle ja berichtet, hat ihn jemand bewusstlos geschlagen. Sie dachten wohl, sie hätten dann freie Fahrt und würden den Hund, dessen Totenruhe man gestört hatte, einfach wieder begraben können. Doch sie hatten die Rechnung ohne Agnes Bechtholdt gemacht, die bereits mit dem Skelett über alle Berge war.«

Wladi, Kevin, Sema und Laura laufen gemeinsam den waldigen Teerweg hinunter – in Richtung Fahrradparkplatz. Luis rennt an ihnen vorbei, ohne sie zu beachten. Da haben sie sich heute einen neuen Feind gemacht, wie es scheint.

»Trotzdem sie hatten Pech«, ergänzt Wladi. »Als sie kommen zu Grab, ist Grab schon leer. Keine Spur von Hund – weit und breit. Bolle sie können nicht mehr fragen. Weil er ist bewusstlos. Sie also verdächtigen den alten Straßenkehrer, dass er gestohlen hat den Hund aus Grab.«

Laura ist die Erste, die ihr Fahrradschloss aufgeschlossen und ihre Sporttasche auf dem Gepäckträger verstaut hat. Sie muss immer auf die anderen warten, weil die langsamer sind. Heute ist ihr das egal.

»Deshalb transportieren sie Bolle in seine Werkstatt, begeben sich dort auf die Suche nach den Grabbeigaben und dem Hundeskelett, und was finden sie?«

Sema und Laura fahren schon mal langsam vor. Zum Glück hat es aufgehört zu regnen. Der Weg ins Agnesviertel ist noch weit.

»Das Loch in der Wand und den unterirdischen Raum, in dem Bolle seit Wochen seine heimlichen Hochzeitsvorbereitungen trifft. Ideal, um den bewusstlosen Mann dort zu verstecken und alle mit einer Warnung zu verscheuchen, die den Raum betreten sollten: ›Cave Canem‹!«

»Sie sprayen jede Nacht neue Warnungen. In der ganzen Nordstadt. Sie wollen den Dieb damit aus der Reserve locken. Ihm Angst machen. Doch nichts passiert.« Kevin tritt voll in die Pedale, um nachzukommen. Die Mädchen sind ihm schon ein großes Stück voraus.

»Klar passiert nichts! Weil sich Agnes Bechtholdt, die Grabräuberin, in Rom befindet und von dem Ganzen gar nichts mitbekommt«, schließt Laura ihre Erläuterungen ab. Es ist ein gutes Gefühl, die letzten Puzzlestücke einzufügen, sodass der Fall ein Ganzes ergibt.

»Gute Arbeit, Leute!«, ruft Kevin, der in Nippes wohnt und zuerst abbiegen muss. Sema begleitet ihn noch ein Stück, bevor sie am Altenberger Hof in Richtung Mauenheim fahren wird.

»War mir ein Vergnügen, mit euch gemeinsame Sache zu machen«, ruft Laura, als sie sich in Richtung Eigelstein verabschiedet.

Wo ist eigentlich Wladi abgeblieben?, wundert sie sich. Den müssen sie irgendwie unterwegs abgehängt haben. Oder er ist ein Stück zurückgefahren. Vermutlich hat er seine Sportjacke, seinen Ball oder seinen Schlüssel auf dem Weg zum Blücherpark verloren. Aber Laura ist sich sicher, dass er sich wieder melden wird. Spätestens, wenn der nächste Fall für die Bolzplatzbande ansteht.

Freitag, 14. Oktober

Juist, Naherholungsheim

Liebe Laura,

wir sind gestern so spontan an die Nordsee aufgebrochen, dass ich mich gar nicht mehr von dir verabschieden konnte. Da die vom Museum mein Praktikum kurzfristig abgesagt haben (liegt angeblich nicht an mir!!!), hat Papa den Vorschlag gemacht, dass wir als Familie mal wieder gemeinsam an die See fahren könnten. In Köln ist ja eh Baustopp, und er weiß noch gar nicht, wie das mit dem Hotel überhaupt weitergehen wird. Zuallererst wollte ich mich bei dir bedanken, denn Sieberbeck hat mir erzählt, dass ihr es gewesen seid, die die Bechtholdt als Grabräuberin überführt habt. Saubere Leistung! Klasse! Hab gehört, sie wird demnächst dem Haftrichter vorgeführt und bekommt sicher eine fette Strafe.
Dass Marisa auch richtig Scheiße gebaut hat, ist natürlich weniger schön. Seit sie mit Michi zusammen ist, hat sie sich eh sehr verändert. Um ihm zu gefallen, macht sie jeden Mist mit. Sie hat zugegeben, dass sie es gewesen ist, die Bolle mit einer Schippe niedergeschlagen hat. Aber nur, um in Ruhe das Hundegerippe an einer anderen Stelle des Platzes wieder begraben zu können. Sie glaubt nämlich, dass sonst die Seele von diesem Hund keine Ruhe findet. Angeblich ist er ihr sogar nachts erschienen und hat ihr seinen Namen verraten: Titus. Heißt so nicht ein berühmter Skater?
Wenn du mich fragst, ist mein Schwesterchen ein bisschen verrückt! Deshalb hat mein Vater ihr nun den Umgang mit dem Assi verboten. Stell dir vor, Marisa kommt nach den Ferien auf ein Luxus-Internat. Dort gibt es angeblich nur tolle Menschen ohne kriminelle Energien. Wer's glaubt.

Ach, hier ist es wunderschön. Es wäre toll, du wärst mit mir hier. Ich glaube, wir hätten sehr viel Spaß zusammen. Ich wollte dir mitteilen (Achtung, Romantikalarm!!!), dass ich dich richtig cool finde. Sehen wir uns nach den Ferien mal im »Eisfeld«? Ich lade dich auf eine Mega-Kugel Eis ein! Oder auch zwei.

Love, Freddy

Christina Bacher
SAMMELBAND 1:
BOLLE UND DIE BOLZPLATZBANDE
DIE FÄLLE 1–3
Die Fahrradleiche – Der Elefantencoup – Der Brandanschlag
Köln Krimi für Pänz
eBook
ISBN 978-3-86358-838-0

Christina Bacher

SAMMELBAND 2:
BOLLE UND DIE BOLZPLATZBANDE
DIE FÄLLE 4+5

Der Rufmord – Die Castingfalle
Köln Krimi für Pänz
eBook
ISBN 978-3-86358-839-7